dtv

Offiziell ist Elvira arbeitslos gemeldet. Deshalb darf das Jobcenter auch nicht erfahren, dass sie am Empfang eines Bordells arbeitet. Vielmehr bemüht sie sich eifrig darum, die Behörden davon zu überzeugen, ihr eine Erwerbsminderungsrente zu bewilligen. Doch weil Elvira, abgesehen von ihrem Übergewicht, vollkommen gesund ist, steckt ihre Sachbearbeiterin sie in das peinlich bemühte Motivationsprogramm HOPLA. Hier soll sie gemeinsam mit anderen hoffnungslosen Fällen der staatlichen Fürsorge hüpfen und tanzen, um wieder fit für den Arbeitsmarkt zu werden. Aber die Motivation zündet bei Elvira nicht so richtig, sie investiert ihr schwarz verdientes Geld weiter in kalorienhaltige Kost und Nagellack. Mit Letzterem verwandelt sie ihre Zehennägel in glänzende kleine Bonbons. Doch ihre schönen Füße bleiben Elviras Geheimnis – bis Henry in ihr Leben tritt …

Anne-Sophie Lunding wurde 1969 geboren und studierte Film- und Medienwissenschaften. Sie war als Lektorin und Mitarbeiterin bei einer dänischen Entwicklungshilfeorganisation in Nepal tätig. Außerdem arbeitete sie als Autorin für ein Fernsehquiz.

Anne-Sophie Lunding

EIN SCHWERER FALL VON LIEBE

ROMAN

Aus dem Dänischen
von Kerstin Schöps

dtv

Ausführliche Informationen über
unsere Autoren und Bücher
www.dtv.de

MIX
Papier aus verantwortungsvollen Quellen
FSC® C019821
FSC
www.fsc.org

Deutsche Erstausgabe 2019
dtv Verlagsgesellschaft mbH & Co. KG, München

Titel der dänischen Originalausgabe:
›Happy ending‹ (Gyldendal, Kopenhagen 2016)

Umschlaggestaltung: FAVORITBUERO, München
Gesetzt aus der DTL Documenta 10/13,7·
Satz: C.H.Beck.Media.Solutions, Nördlingen
Druck und Bindung: Druckerei C.H.Beck, Nördlingen
Gedruckt auf säurefreiem, chlorfrei gebleichtem Papier
Printed in Germany · ISBN 978-3-423-21778-1

1.

Ich bin mir nicht sicher, ob »süß« oder »frech« das richtige Wort ist, aber an der Stimme des Mannes erkenne ich, dass er ein Neuling ist, und darum entscheide ich mich für »süß«. Bevor ich ihm antworte, schiebe ich den Kekskaramellklumpen mit der Zunge auf die Seite, damit man nicht hören kann, dass ich den Mund voll habe. Diese Technik beherrsche ich mittlerweile relativ gut.

»Wir haben heute eine ganz Süße hier, sie heißt Candy.«

»Okay.«

»Vielleicht hast du sie ja schon auf unserer Homepage gesehen?«

»Nein, das habe ich nicht.«

Dann ist er über die Anzeige im *Ekstra Bladet* auf uns aufmerksam geworden. Ich drehe das Mikrofon meines Headsets weg und kaue in einer Affengeschwindigkeit den Kekskaramellklumpen kleiner, spüre, wie mir der Speichel aus dem Mundwinkel läuft. Ich schlucke runter und wische die Schmiere weg, schiebe das Mikrofon zurück an seinen Platz.

»Candy ist eine exotische Schönheit und süße dreiundzwanzig Jahre alt. Sie ist schlank und zierlich mit festen B-Körbchen-Brüsten, hat einen prallen, kleinen Hintern und eine enge, glatt rasierte Muschi. Ihre Haut ist milchkaffeebraun, und sie hat lange schwarze Haare.«

»Okay.«

In Wirklichkeit habe ich keine Ahnung, wie alt sie ist, eigentlich sieht sie sogar jünger aus als dreiundzwanzig. Aber wer weiß das schon so genau, ich hatte schon immer Schwierigkeiten, das Alter von Leuten zu schätzen. Ich habe mir für jedes der Mädchen einen kleinen Verkaufstext ausgedacht, den ich je nach dem Bedürfnis, das ich im Gespräch mit dem Kunden heraushöre, ändern kann. Das kann ich gut, ich spüre, was sie wollen, außerdem liegt das auch an meiner Stimme, die klingt nett und unverfänglich, und darum fühlen sich die Männer gut aufgehoben.

»Hast du Sonderwünsche?«

Er zögert etwas mit seiner Antwort.

»Nur ganz normal eben?«

»Candy bietet einen tollen Cocktail, am Anfang ein bisschen Französisch und danach Dänisch.«

»Wie, Dänisch, hihi, was ist das denn?«

»Verkehr in der Missionarsstellung.«

»Okay, klar.«

Wir vereinbaren einen Termin, dann nenne ich ihm die Summe und unsere Adresse. Heute Morgen lagen schon wieder Krümel auf dem Tisch und ein leerer Eiscremebecher auf dem Küchenfußboden. Cream Cheese. Aber ich will da jetzt nicht drüber nachdenken, darum greife ich nach meinem Lion, verabschiede ihn mit den Worten »Dann freuen wir uns auf deinen Besuch!« und will mir gerade das letzte Stück von dem knusprigen Keks mit klebriger Karamellmasse, umhüllt von einer dicken Schicht Vollmilchschokolade, in den Mund schieben, als ihm noch eine Sache einfällt.

»Ja?«

»Ich wollte nur wissen, ob ich sie küssen darf?«

Ich hole tief und absolut geräuschlos Luft.

»Hier ist es so, dass keines der Mädchen küsst. Und wir bestehen auch darauf, dass unsere Kunden alle Kondome benutzen. Es geht vorrangig um die Sicherheit. In erster Linie um die unserer Kunden. Das wirst du doch sicher verstehen?«

»Ja, natürlich. Entschuldige, dass ich gefragt habe.«

Ich beende das Telefonat, schüttele den peinlichen Moment ab und widme mich ganz und gar der Schokolade. Immer mehr Kunden wollen küssen oder fragen sogar nach Superfranzösisch, oral ohne Gummi, oder auch Supergriechisch oder Superdänisch. Auf der Straße können sie das alles bekommen, von den Junkies oder den Mädchen, die mehr oder weniger freiwillig importiert worden sind. Allerdings sind in letzter Zeit auch in den Boulevardzeitungen und im Netz Anzeigen aufgetaucht, in denen mit gratis Zungenküssen und Superfranzösisch in »Schönheitssalons« und anderen Etablissements geworben wird. Die Konkurrenz wird immer härter. Auch bei uns im Keller mussten wir schon ein paarmal die Preise senken. Der Zustrom von Frauen aus den lausigsten

Ecken der Welt nach Dänemark ist endlos. Sogar unsere Mädchen hier haben immer wieder mal Küsse in ihrem Sortiment, für einen extra Hunni. Aber solange da niemand drüber spricht, tue ich so, als wüsste ich von nichts. Ich will so wenig wie möglich davon erfahren, was hinter den Türen vor sich geht. So ist es am besten.

Aber der Gedanke lässt mich nicht los, kommt immer wieder, während ich die Zimmer überprüfe, kontrolliere, ob die Duschen ordentlich geputzt wurden, die Betten frisch bezogen sind, ausreichend Kondome und Gleitcreme in den Schubladen der Nachttische liegen und ob der Psychopathenknopf funktioniert. Der wurde das letzte Mal benutzt, als ein vierzigjähriger Typ, von der Sorte gut aussehender Familienvater mit ECCO-Schuhen und Fahrradhelm, Katarina gewürgt hat. Ihr gelang es gerade noch, den Knopf zu drücken. Das war in meiner Schicht, und ich brauchte ein bis zwei Sekunden, bis ich reagiert habe, bis mein Gehirn die Bedeutung des Alarmsignals begriffen hat, aber dann habe ich mir die Eisenstange gegriffen, die unter dem Tresen liegt, und habe die Zimmertür aufgerissen. Er saß auf ihr drauf und würgte sie mit beiden Händen, ihre Zunge hing ihr aus dem Mund, und die Augen waren groß wie Kugeln und sahen aus, als würden sie ihr gleich aus dem Kopf springen. Ich schlug auf ihn ein, auch als er schon längst von ihr abgelassen hatte, und hörte erst auf, als ich Køsters Arme spürte, mit denen er mich festhielt und mir dann die Eisenstange aus den Händen nahm. Hinterher erzählte er, dass ich dabei wie irre geschrien habe. Und dass ich wie jemand geklungen habe, mit dem man sich besser nicht anlegt. Als Katarina am nächsten Tag zur Arbeit kam, trug sie einen hochgeschlossenen Spitzenbody, der die Würgemale verdeckte. Mir brachte sie einen ganzen Othellokuchen mit. Ich liebe diese Marzipantorten mit Vanillecreme und Schokoladenüberzug.

Das Kussverbot ist eine ganz alte Regel. Auch Anne Grethe hat es nie gemacht. Als sie noch aktiv im Dienst war, kamen viele Kunden mit Sonderwünschen. Sie hatte nämlich die Sorte von Verrichtungen im Angebot, die sehr beliebt, aber nur bei wenigen zu bekommen waren, sowohl mit Urin als auch mit dem anderen, was noch viel schlimmer ist. Aber küssen, darauf hatte sie überhaupt keine Lust, das war eindeutig ihre Grenze. Eigentlich sonderbar, dass es ein so großer Unterschied zu sein scheint, ob man einen Schwanz oder eine Zunge im Mund hat, ich glaube, ich würde Letzteres vorziehen. Obwohl. Da fällt mir *das Pferd* ein. Dieser große alte Mann, der immer tadellos angezogen ist, mit Hemd und Krawatte, seine dünnen Haare alle nach hinten gekämmt trägt und nach Brillantine duftet, aber wenn er den Mund aufmacht, eine Reihe von dunkelgelben Zähnen in dunkelgrauem Zahnfleisch entblößt.

Das erinnert mich an das Spiel, das ich mit Sixten gespielt habe, als wir klein waren. Man stellt sich immer »oder«-Fragen, wie »Was willst du lieber: eine Tasse Blut trinken oder was Verbotenes machen?«

oder »Willst du lieber ertrinken oder verbrennen?«. Ich muss lächeln bei dem Gedanken daran, wie Sixten immer bis zum Äußersten gegangen ist, und wenn man so dumm war, seine Antwort infrage zu stellen, konnte man sicher sein, dass er es einem beweisen wollte, und das ging dann meistens schief. Und wenn ich an Sixten denke, meinen Sixten, dann spüre ich diese Unruhe im Bauch, ich wische mir schnell mein dämliches Grinsen aus dem Gesicht, öffne den Kühlschrank und hole mir eine Dose Sprite raus, lege den Kopf in den Nacken und lasse das süße, sprudelnde Getränk meine Kehle hinunterfließen. Danach setze ich die erste Wäsche des Tages auf, Kochwäsche, Laken und Handtücher von gestern. Ich höre, wie die Maschine mit einem Klick ihre Arbeit aufnimmt, und setze mich wieder an meinen Platz vor dem Computer. Acht Besucher sind im Moment auf der Webseite unterwegs, das ist ganz ordentlich so früh am Tag, vielleicht wird es ja einer dieser Tage mit viel Kundendurchlauf, dann vergeht die Zeit schneller, denn das wünsche ich mir, weil ich merken kann, dass ausgerechnet heute so ein Tag mit schweren Gedanken ist, die mich überfallen und an Orte bringen, die ich lieber vermeiden will. Wie die Tatsache zum Beispiel, dass ich ganz offensichtlich heute Nacht schon wieder auf war, ohne mich daran erinnern zu können.

Jemand ist am Eingang. Die Kunden müssen klingeln, ich kann sie mithilfe der kleinen Kamera über der Tür auf meinem Bildschirm sehen, aber die Mädchen haben die Nummer für den Türcode. Ich hatte auf dem Schichtplan nachgesehen und eigentlich Candy erwartet, aber es ist Katarina. Sie wischt ihre kleinen Schuhe gründlich an der Fußmatte ab, während sie sich aus ihrem riesigen grauen Schal wickelt. Ihr Gesicht, mit den großen blauen Augen, sieht ganz nackt aus, so ungeschminkt. Sie lächelt sparsam und sieht, mit krummem Rücken und den fast mausgrauen Haaren, die eng am Kopf anliegen, wie ein kleines, verletzliches Tier aus.

»Ich dachte, Candy würde kommen.«

»What?«

Sie spricht und versteht kaum Dänisch. Nur die nötigsten Wörter, Zahlen und Regeln. Kundendänisch nennen wir das. Ich frage sie auf Englisch, ob sie Candy gesehen hat, und sie hebt eine schmale gezupfte Augenbraue, denn das hat sie selbstverständlich nicht. Candy ist für die erste Schicht heute eingetragen und sie ist in der Regel immer pünktlich. Aber es ist auch nicht ungewöhnlich, dass die Mädchen plötzlich verschwinden. Schon gar nicht, wenn sie aus dem Ausland kommen und jemandem viel Geld schulden. Was für die meisten zutrifft. In der Regel werden sie von Haus zu Haus geschoben, von Stadt zu Stadt. Frische Gesichter und frisches Fleisch verkaufen sich einfach besser. Wenn das Neue verflogen ist, können sie in ein neues Etablissement in einer anderen Stadt gebracht werden.

Ich sitze gerne hinten mit den Mädchen zusammen, quatsche mit ihnen und sehe mir die Fotos ihrer Kinder an. Aber ich achte darauf, nicht zu freundlich zu sein. Sonst wollen sie nur Geld von mir leihen oder bitten mich um Gefallen, und ich habe auch keine Lust darauf, ihr Sorgenmülleimer zu sein. Ich bin verantwortlich für den Laden, und die Mädchen haben immer irgendwelche Probleme und genauso viele Entschuldigungen und Ausreden, und davon sollte man schön die Finger lassen. Sie kommen von überall. Ein paar kommen aus Nigeria, die haben sich mittlerweile freigekauft und können den Großteil ihrer Einnahmen behalten, ganz anders als damals auf den Bürgersteigen in Vesterbro, als sie um die Aufmerksamkeit der Freier kämpfen mussten. Sie erzählen immer wieder, wie kalt es gewesen ist, denn man konnte sich ja nicht so viele Klamotten anziehen, sonst hätten die Kunden die Ware nicht mehr sehen können. Diese Mädchen sind besonders dunkel, mit glänzendem hellrosa Zahnfleisch, und sie riechen nach süßem Kokosöl und Gewürzen. Sie beklagen sich ständig über die gierige Verwandtschaft, und dann vergleichen sie die Noten ihrer Kinder und machen dabei klickende Geräusche mit ihren Zungen. Dann gibt es noch die Mädchen aus dem Osten, so wie Katarina, die nur für eine bestimmte Zeit zum Arbeiten kommen, um den Mann, die Kinder und die Eltern zu Hause zu versorgen und Geld fürs Studium zu sparen oder irgendwo außerhalb von Kiew oder Kaunas oder wie das da heißt ihr eigenes *»biznes«* aufzumachen. Natürlich gibt es auch ein paar Däninnen. Candy aber ist die einzige Thailänderin, die jemals hier bei uns im Keller gearbeitet hat, zumindest, seit ich hier bin. Die

Thailänderinnen bleiben nämlich normalerweise unter sich, die haben ihre eigenen Läden, ihre eigenen Preise und Regeln, ihre eigenen Codes, wie Massage mit Happy Ending und so was, die haben wenig mit den anderen in der Branche zu tun.

»Könntest du gleich einen übernehmen? Standardprogramm?«

»Okay. Ich übernehme ihn. Gib mir fünf Minuten.«

Katarina zuckt mit den Schultern und geht den Flur hinunter, um sich zu schminken und umzuziehen. Ihre nassen Schuhsohlen hinterlassen dunkle Flecken auf dem Teppich.

In der Küche liegen meine Doughnuts in der 7-Eleven-Tüte, mit knackiger Zuckerschicht und fettig glänzendem Körper, im Inneren ganz weiß und weich. Ich lasse mein Headset auf, gehe rüber und reiße die Tür auf, der Geschmack von Frittiertem hat eine beruhigende Wirkung auf mich. Dann wähle ich Candys Nummer, aber sie geht nicht ran, und ich beschließe, dass sie eine Verwarnung bekommt, wenn sie sich in den nächsten zehn Minuten nicht meldet, und außerdem muss ich versuchen, eine der anderen Festen zu überreden, die Schicht zu übernehmen.

Es klingelt an der Tür, ich lecke mir auf dem Weg zurück an den Tresen das Fett und den Zucker von den Fingern. Der Mann vor der Kellertür steht ganz gekrümmt da und scheint die Kamera gar nicht zu bemerken, wahrscheinlich soll ihn niemand sehen können, während er ungeduldig darauf wartet, reingelassen zu werden. Einigen Kunden ist es peinlich, zu uns zu kommen, sie warten still im Sessel, bis sie aufgerufen werden, starren vor sich auf den Teppichboden, andere verhalten sich vom ersten Mal an, als wären sie hier zu Hause, schenken sich einen Kaffee ein, zappen durch das Fernsehprogramm, fangen an zu quatschen, das weiß man vorher nie. Ich drücke auf den Türöffner, und dabei fällt mir ein, dass ich vergessen habe, Kaffee aufzusetzen, was meinen Ärger über Candy noch verstärkt.

»Herzlich willkommen!« Ich lächele ihn an und ignoriere, dass mein Anblick ihn erstarren lässt und ihm seine Gesichtszüge entgleiten, ich nehme die Fernbedienung vom Tisch und schalte den Fernseher ein. Statt des üblichen Senders mit viel Haut entscheide ich mich für einen Nachrichtensender, denn ich spüre, dass ich sehr behutsam mit ihm sein muss.

»Komm, gib mir deine Jacke.« Sein Samtblazer ist vollkommen durchnässt und total ungeeignet für dieses Wetter, er schält sich raus, ohne mich eine Sekunde aus den Augen zu lassen.

»Setz dich kurz hier aufs Sofa, ich gebe Candy Bescheid, dass ihr Gast gekommen ist.« Endlich kann er seinen Mund wieder schließen, er nickt und versucht zu lächeln, bevor er sich hinsetzt, denn jetzt weiß er ja, dass nicht ich ihn bedienen werde. Er hat ein ganz hübsches Gesicht, ist Anfang zwanzig, groß und schlaksig, mit dunklen Haaren und Bart, er trägt ein Sweatshirt und Jeans. Er sieht ein bisschen schmuddelig aus, so im Jesus-Stil, ich vermute, er ist Student.

Ich hänge die nasse Jacke des Herrn auf einen Bügel, gehe in die Küche, stelle die Kaffeemaschine an und schütte ein paar Kekse aus einer Danish-Butter-Cookies-Dose in eine Schale. Die mit Hagelzucker drauf, die Vanilletaler und die mit dem Schokoboden. Von Letzteren stecke ich mir schnell einen in den Mund und klopfe auf dem Weg zurück an Katarinas Tür.

»Dein Kunde ist da.«

»Okay, noch zwei Minuten.«

Sie hat den CD-Player eingeschaltet und hört klassische Musik, sie hört immer dieselben Stücke, wenn sie sich fertig macht. Ich stelle die Schale mit den Keksen vor dem Kunden auf den Tisch.

»Hast du Lust auf eine Tasse Kaffee?«

»Oh ja, sehr gerne.«

Die meisten mögen es, wenn man mit ihnen über was ganz Alltägliches spricht und dadurch ihre Anwesenheit zu etwas vollkommen Normalem macht. Der Studenten-Jesus sieht sich vorsichtig um, dann wendet er sich zu mir und lächelt zaghaft.

»So ein Matsch. Draußen. Und kalt.«

»Ja, die haben schon von Schnee geredet.« Ich seufze und fahre fort: »Weißt du was, wir hatten ein paar technische Probleme mit unserem Buchungssystem.«

»Ja?«

»IT!« Ich schüttele bedauernd den Kopf. »Du wirst es mir kaum glauben, aber Candy ist heute gar nicht eingetragen! Da gab es irgendwie ein Durcheinander mit den Terminen, das liegt wohl am Server.«

»Oh.« Er runzelt die Stirn.

»Aber die schöne Miss Natascha würde dich sehr gerne empfangen.«

Wie durch Zauberhand taucht Katarina hinter mir auf, ein schwerer, süßlicher Duft liegt in der Luft, und ich muss mich nicht einmal umdrehen, um zu wissen, dass sie sich in Miss Natascha verwandelt hat, geschminkt, mit Hochsteckfrisur und strategisch entkleidet. Eine Art Discoausgabe einer jungen Michelle Pfeiffer in bordeauxfarbener Spitze, dreifarbigem Lidschatten und glänzenden Lipglosslippen.

»Hello. Nice to meet you.«

Ihre Stimme ist tief und warm. *Jesus* ist bereits aufgestanden und wirft mir einen kurzen Blick zu, ich nicke ihm aufmunternd zu, und er folgt Katarina gehorsam ins Zimmer. Ich gehe wieder in die Küche, gieße den Kaffee in die Thermoskanne und trage sie mit den Tassen, dem Sahnekännchen und der Zuckerdose auf einem Tablett zurück in den Vorraum und stelle es auf den Couchtisch neben die Schale mit den Keksen. Danach lege ich die DVD »Lusty Ladies 3« ein. Jetzt beginnt meine Schicht.

2.

Es ist schon dunkel, der Wind bläst, und es fällt Nieselregen, ich bin eigentlich auf dem Weg zur Bushaltestelle am Trianglen, als ich das freie Taxi sehe, und es ist, als hätte mein Arm ein Eigenleben, er fliegt in die Luft und winkt dem Taxifahrer zu, der sofort anhält. Ich sitze wie immer hinten und nenne mein Ziel: Frederikssundsvej. Ich suche in meinen Kontakten »Bella Amore« raus, die Pizzeria gegenüber von meiner Wohnung, rufe an und bestelle eines meiner Top-drei-Lieblingsgerichte. Dabei sehe ich aus dem Fenster und vermeide so den Blickkontakt mit dem Fahrer im Rückspiegel, das schaffe ich jetzt nicht auch noch, ich bin müde und habe Hunger. Die ersten beiden Tagesschichten nach einer Woche mit lauter Nachtschichten sind immer am härtesten, alles ist wie verschwommen und flimmert, es kostet viel Energie, wenn der Körper von Nacht auf Tag schalten muss. Die fließen dann ineinander, und ich weiß nicht mehr, ob ich nachts aufgestanden bin oder nicht, finde morgens nur die Reste vor, die Krümel auf dem Küchentisch, die leeren Eisbecher, die Teller auf dem Tisch, einen Löffel auf dem Sofa. So wie heute Morgen.

Geschenkt wurde mir das nicht, da zu sein, wo ich heute bin, in dieser – wie ich sie nenne – unvermittelbaren Kategorie. Das ist eine ganz besondere Kategorie, die es offiziell gar nicht gibt, über die auch niemand spricht, es ist eine Art Aufbewahrungsort für uns, die sie ein für alle Mal aufgegeben haben und die sie darum auch nicht mehr der unendlichen Flut aus Aktivierungs-, Arbeits- und Ausbildungsangeboten aussetzen. Was sie ja eigentlich müssten. Es erforderte einen langen und hartnäckigen Einsatz von meiner Seite, um das zu erreichen, eine geduldige und systematische Sabotage aller Resozialisierungsinitiativen, zu denen ich im Laufe der Jahre gezwungen wurde. Ich bin konsequent zu spät gekommen, gar nicht aufgetaucht oder bei falschen Adressen, habe alle Termine und Absprachen vergessen. Ich habe ihnen zu verstehen gegeben, dass ich nicht in der Lage bin, die einfachsten Aufgaben zu lösen. Immer und immer wieder habe ich demonstriert, dass meine Sozialkompetenzen quasi nicht existent sind und mir jede Einsicht für meine Lebenssituation fehlt. Alle Zusatzauflagen, die sich auf Ernährung oder Körperertüchtigung bezogen, und davon gab es in den letzten Jahren nicht wenige, habe ich ohne große Anstrengung untergraben. Für eine herrlich unbekümmerte Zeitspanne von über einem Jahr hatte ich meine Ruhe, zusätzlich geschützt von der Diagnose »Schleudertrauma« nach einer Vollbremsung im Bus der Linie 5A. Aber dieser Frieden hielt leider nicht ewig.

Mein Ziel, auf das ich in den vergangenen Jahren

unbeirrt hingearbeitet habe, ist eine Rente, die weder infrage gestellt noch nachträglich geändert werden kann. Damit sie mich nicht mehr behelligen können. Nie wieder. Damit ich mich ganz auf Sixten konzentrieren kann. Aber die guten Zeiten sind im Moment vorbei, es ist fast so, als hätten alle netten und vernünftigen Leute sich entschieden, zu Leuten wie mir nicht mehr nett und vernünftig sein zu müssen. Und sich dabei im Recht zu fühlen. Ich habe es gesehen, die Blicke, die sie untereinander austauschen, habe das Unterschwellige gespürt. Der gute Wille ist aufgebraucht. Ich kann mir nicht mehr sicher sein, dass ich nicht doch so einen Flexjob annehmen muss, von dem sie das letzte Mal gesprochen haben. Schon von dem Gedanken daran wird mir ganz übel, das fühlt sich an, als würde mich die Zukunft ersticken. Und ich kann nichts dagegen tun.

Ich weiß genau, was die im Jobcenter von mir halten. Die tun mir fast ein bisschen leid, wenn sie in meinem Blick nach etwas suchen, an das sie anknüpfen können, ein Hauch von Initiative oder Willen, den sie zum Leben erwecken können. Aber eben nur fast. Ich gebe ihnen nichts, starre sie nur stumpf an, während ich mir vorstelle, ein Fisch in einem Aquarium zu sein, ein hirnloser Guppy oder ein schwebender Schleierschwanz mit matten schwarzen Fischaugen, der die Welt auf der anderen Seite des Aquariums nicht sehen kann. Das ist eine Technik, die ich verwendet und immer weiter verfeinert habe, seit wir das erste Mal in einer Pflegefamilie untergebracht wurden. Es gab immer wieder Ausbrecher, aber jedes Mal, wenn ich so dämlich war, etwas von mir preiszugeben, habe ich dafür teuer bezahlen müssen. Ich hatte mal eine Zeit lang eine junge, sehr begeisterungsfähige Sachbearbeiterin und habe mich überreden lassen, an der Hochschule ein paar Fächer zu belegen, aber dann wurde ich unvorsichtig und bekam gute Noten. Um die Situation retten zu können, musste ich die Fehlzeiten erhöhen, nicht nur für die Prüfungen, sondern überhaupt, bis sie mich am Ende rausgeschmissen haben. Die junge Sachbearbeiterin verstand die Welt nicht mehr, sie hatte eine ganz bestimmte Art und Weise, mich anzusehen, lang und nachdenklich, den Kopf zur Seite geneigt, aber am Ende schüttelte sie immer den Kopf und sagte was in der Art von: »Wenn ich Sie doch nur verstehen könnte, Elvira.«

Ich will ja gar nicht verstanden werden. Ich will nur meine Rente, so war es damals und so ist es auch heute noch, die habe ich mir schon längst verdient, aber das darf man ja nicht laut sagen. Darum sage ich so wenig wie möglich. Das ist am sichersten, daran habe ich mich gewöhnt und die Mitarbeiter im Jobcenter auch. Meine große Hoffnung ist es, den Status der dauerhaft eingeschränkten Arbeitsfähigkeit zu erhalten. Gemäß der Auflage für die Erteilung einer Erwerbsminderungsrente muss es einwandfrei gewährleistet sein, dass meine Arbeitsfähigkeit auf keinen Fall verbessert werden kann. Das wird von dem städtischen Rehabilitierungsteam geprüft und genehmigt und erst dann wird die Rente zugewiesen. Das

Problem ist, dass man dafür eine ziemlich handfeste Diagnose benötigt. Und da ich nichts habe und praktisch auch nie krank bin, ist es am einfachsten, ein psychisches Leiden vorzutäuschen. Geistig minderbemittelt wäre das Naheliegendste, aber seit meinem Fauxpas mit der Hochschule steht das leider nicht mehr zur Verfügung. An Schizophrenie traue ich mich nicht ran. Wenn ich nur an die Symptome und die Medikamente denke, wird mir schon übel. Angst und soziale Phobien sind die beste Lösung, und die Diagnose passt auch am besten zu dem Bild, das sie ohnehin schon von mir haben. Aber es wird einen großen und ausdauernden Einsatz erfordern, und wahrscheinlich schiebe ich es deshalb vor mir her. Die Aussicht, dass ich nicht nur meine Sachbearbeiterin, sondern auch die Ärzte und Psychiater davon überzeugen muss, macht mich schon ganz müde, bevor es überhaupt losgeht. Ehe ich das ernsthaft in Angriff nehme, muss ich noch mehr recherchieren, und ich weiß auch, dass es schwer wird, wahrscheinlich sogar unmöglich ist, verpflichtende Sportprogramme, Therapie und Medikamente zu vermeiden. Meinen Kopf will ich für mich haben, ohne klares Bewusstsein bin ich verloren. Das Letzte, was ich gebrauchen kann, ist, mit toten Augen und bis obenhin mit Psychopharmaka vollgepumpt durch die Welt zu wanken. Aber das wird sowieso alles erst aktuell, wenn mein Antrag auf Erwerbsminderungsrente nicht genehmigt wird. Und das wird er, das muss er, denn ich halte es nicht aus, an die Alternative zu denken.

Ich habe immer gearbeitet. Das eine oder das andere. Bevor ich im Keller angefangen habe, habe ich Profiltexte für eine Webseite für ausländische, heiratswillige Frauen geschrieben, die kamen hauptsächlich aus Russland, der Ukraine und Weißrussland und suchten einen Mann in Dänemark. Das war ein guter Job, wahrscheinlich der beste, den ich je hatte. Ich habe mir große Mühe gegeben, die Texte gleichzeitig einladend und realistisch zu formulieren. Als Vorlage hatte ich nur Fotos und Texte in kryptischen kyrillischen Buchstaben oder in Kauderwelsch-Englisch. Einige Informationen verwiesen auf das Naheliegende. Wenn zum Beispiel Fotos von Kindern auf dem Profil waren, dann habe ich die Person als »Familienmensch« beschrieben, und wenn die Frau älter als dreißig war, habe ich die Ansprüche an den Zukünftigen heruntergeschraubt, und die waren insgesamt sehr gering. Ich habe versucht, die Texte unterschiedlich zu gestalten, um sie persönlicher zu machen. Wenn ich ein Blitzen in den Augen entdeckt habe, war durchaus mal »Humor« wichtig, ich habe auch Lieblingsmusik, Leibspeisen und Hobbys dazugedichtet (Klettern, Eiskunstlauf, Kammermusik und Töpfern), ich habe ihnen Kochbegabungen zugeteilt und sie von ihrem Lieblingsfilm erzählen lassen. Die Jüngsten und Hübschesten suchten einen Mann, der sie »verwöhnt«. Sah eine der Frauen auf dem Foto etwas verängstigt aus, schrieb ich, dass sie schüchtern ist und sich einen Mann wünscht, der Gemütlichkeit und lange Spaziergänge am Meer schätzt. Ich habe mir immer wieder die ersten Begegnungen mit einem dänischen Mann vorgestellt, und wenn ein Profil, das ich geschrieben hatte, deaktiviert wurde, habe ich mir eingeredet, dass ich eine Art Hebamme der Liebe gewesen bin. Vielleicht hatten die Frauen es besser und waren glücklicher, weil der Mann, mit dem sie zusammengekommen waren, ihre fiktive Leidenschaft für den Eiskunstlauf teilte oder fand, dass ihre Schwäche für Rassehunde besonders liebenswert war.

Irgendwann bin ich ein bisschen zu weit gegangen und habe wilde Interessen und Charaktereigenschaften erfunden, und irgendwann hätte das wahrscheinlich Probleme gemacht, denn irgendjemand hätte festgestellt, dass es nicht einfach nur schlechte Übersetzungen waren, und dann hätten sie den Betreiber der Heiratsvermittlung verklagt. Der wurde nur *der Feilscher* genannt. Er wohnte in einer kleinen und total vollgestopften Wohnung in Christianshavn, nicht weit weg von Christiania, mit seiner schwarzen amerikanischen Ehefrau, einer ehemaligen Tänzerin und Schlammcatcherin aus Saint Louis, sowie ihren beiden Töchtern, zwei hübschen und lauten kleinen Gören, die im Großen und Ganzen sich selbst überlassen waren.

Es war eine Dreizimmerwohnung, im Wohnzimmer stand ein Marmortisch zwischen zwei identischen Ledersofas, ein Flatscreen hing an der Wand, im winzigen Büro nahm ein Schreibtisch mit fettiger Glasplatte den meisten Platz ein, und im Schlafzimmer standen auch die Kinderbetten der Mädchen. Die hatten in allen Zimmern ihre Spuren hinterlassen, Puppenwagen, pastellfarbene Roller, Teddybären und andere Kuscheltiere, Essensreste, alte Pflaster, platt getretene und vertrocknete Rosinen, Feuchttücher, Windeln, hier ein vereinsamter Schuh, dort ein vereinsamter Strumpf, Spielsteine, Zeichnungen, Plastikperlen, Papierflieger, ein Schnuller, ein Bilderbuch. Die gesamte Wohnung war außerdem zugestellt mit übereinandergestapelten braunen Pappkartons unterschiedlichster Größe, einige noch zugetaped, in den meisten befand sich Elektronikkram, Laptops, Flatscreens, Tastaturen, Tablets, aber es gab auch Kartons mit Haushaltsgeräten, Mixer, Toaster aus Edelstahl, Radiowecker und andere mit italienischen Handtaschen aus weichem cremefarbenem Kalbsleder. Alles Waren, die mit den vielseitigen und nicht immer ganz sauberen Geschäften *des Feilschers* zu tun hatten.

Die Wohnung hatte etwas Klaustrophobisches wegen der abgestandenen Luft und der unzähligen Stapel und dem Haufen Zeug, das überall rumlag. Ich musste mich durch ein kompliziertes Wegesystem zwischen diesen Bergen bewegen, um vom Wohnzimmer ins Büro zu kommen, dabei wurde ich manchmal von den Mädchen überholt, die keine Probleme hatten, sich zwischen den Kartons hindurchzuschlängeln und über sie hinwegzusteigen, während sie sich jagten und ihre Mutter ihnen Flüche hinterherschleuderte. Mit mir sprach sie kein Wort, sie sah mich aber mit ihren schwarzen Augen in einer Art und Weise an, die es unmissverständlich machte, dass ich nicht willkommen war. Einer der Vorteile meines Jobs war zum Glück, dass ich die Texte zu Hause auf meinem Rechner schreiben konnte. Ich betrat die Wohnung nur, wenn es notwendig war.

Den Feilscher störte der Lärm überhaupt nicht. Ich hatte ein paar Monate für ihn gearbeitet, als er sich eines Tages eine fixe Idee in den Kopf setzte. Er wollte, dass ich für eine seiner vielen anderen Firmen arbeitete, die Telefonsex für Dumpingpreise anbot. »Mit deiner Stimme und Fantasie!«, sagte er. »Du bist ein Naturtalent, das wird total einfach für dich, schnell verdientes Geld, vielleicht gefällt es dir sogar.« Er konnte diesen Gedanken nicht mehr loslassen. Zunächst versuchte er, mich mit den guten Verdienstmöglichkeiten zu überreden, und ich sagte am Anfang auch immer freundlich »nein, danke«, aber dann schlug seine Stimmung um, er nahm es persönlich, das wurde immer deutlicher, er konnte nicht akzeptieren, dass ich es nicht wollte oder mir womöglich sogar zu fein war für so eine Arbeit.

Auch seine Stimmlage änderte sich, und sein Blick, der vorher irgendwie freundlich oder auch einfach nur desinteressiert war, scannte jetzt auf einmal meinen Körper mit unverhohlener Verachtung von oben bis unten, während er unentwegt von der großen Chance redete, die er mir gab. Eine Chance, für die hübsche Frauen, sogar Studentinnen, also Frauen mit Hirn und Körper, dankbar wären. Er fing an, mir Zahlen zu simsen, so und so viel könnte ich mit so und so vielen Gesprächen in so und so vielen Minuten verdienen. Und ich begann mich innerlich darauf einzustellen, dass meine Tage als Texterin beim *Feilscher* gezählt waren. Eines Tages regte er sich so über mein konstantes Nein auf, dass er anfing zu brüllen und Spucketropfen auf meinem Gesicht landeten. Was ich eigentlich glaube, wer ich bin, was ich mir einbilde und so weiter, und als er bemerkte, dass ich meinen Aquariumsblick aufsetzte, änderte er seine Strategie und senkte seine Stimme. Ob ich zu schüchtern bin oder Angst habe, nicht gut genug zu sein? Er verschwand in dem undurchdringlichen Chaos des Wohnzimmers und kam mit einem Stapel DIN-A4-Papiere zurück, die er mir reichte, als wäre das der Hauptgewinn im Lotto. »Das hier«, sagte er, »sind Manuskripte für alles, nicht dass ich glaube, dass du das brauchst, aber du kannst das einfach vorlesen, da ist für jeden Geschmack was dabei, du musst nur herausfinden, was sie haben wollen.« Zu diesem Zeitpunkt befand ich mich bereits auf dem Rückzug aus der Wohnung, die Töchter *des Feilschers* standen daneben und starrten uns an, ausnahmsweise mal schweigend und blinzelnd. Da packte er mein Handgelenk und zog mich dicht an sich, sodass ich seine Fahne riechen konnte. »Jetzt komm schon«, flüsterte er, »zier dich nicht so.«

»Du lässt mich sofort los. Sofort.« Ich hatte das ganz leise gesagt, um ihm die Gelegenheit zu geben, sich ohne Gesichtsverlust zurückzuziehen, denn seine Mädchen hatten ihre blinzelnden Augen immer noch auf uns gerichtet, und ich wartete auch ein paar Sekunden, bevor ich ihm mit Wucht gegens Schienbein trat. Aber statt mein Handgelenk loszulassen, blieb er mit einem verständnislosen, fast enttäuschten Blick vor mir stehen und hielt mich weiter fest. Deshalb rammte ich ihm mein Knie in den Schritt, woraufhin er sich schreiend zusammenkrümmte und mich endlich losließ. Die Mädchen glotzten, ich lächelte sie an und murmelte etwas von einem Spiel, das ich mit ihrem Papa spiele, dann rannte ich die Treppe hinunter. Niemand fasst mich an, da gibt es keine Ausnahmen. Beim *Feilscher* war ich seitdem nicht mehr.

Davor habe ich alles Mögliche gearbeitet, als Tellerwäscherin, Hundesitterin, Köchin, Barfrau, Babysitterin und Bäckerin. Alles schwarz, versteht sich. Und ich habe geputzt. Ich habe so viel geputzt, dass ich da kaum dran denken kann, habe in endlosen Fluren geschwitzt und schwere, unhandliche Staubsauger über endlose Böden gezogen, habe Pissoirs geschrubbt, Fettflecken von Badezimmerspiegeln gewischt und Kinderspielzeug aufgeräumt, hatte den Geruch von unzähligen Gummihandschuhen auf der Haut.

»Wollten Sie hier nicht raus?«

Der Taxifahrer hat vor dem Bella Amore angehalten. Ich bezahle und stehe kurz darauf im Regen, der zugenommen hat. Drinnen ist es warm, die Scheiben sind ganz beschlagen, und die Box mit meiner Nummer 14 steht auf dem Ofen und wartet auf mich. Als Omar mich sieht, macht er eine Tüte Pommes fertig.

»Hey, meine Schöne.«

Ich erwidere sein Lächeln. Wenn sonst niemand im Laden ist, bleibe ich manchmal und quatsche ein bisschen mit ihm, aber heute nicht, es ist Full House, und ich will so schnell wie möglich heim. Und da ist Omar total okay mit, wir verstehen uns, auch ohne viel Gelaber. Wir haben uns vor langer Zeit in einer betreuten Wohngruppe kennengelernt, damals war er nur ein großer Junge mit einer ganz typischen Geschichte, Gelegenheitsbrüche und ein bisschen Autodiebstahl, so was eben. Alle Bewohner der Einrichtung taten ihr Bestes, um die Fassade aufrechtzuerhalten, und Omar bildete da keine Ausnahme. Aber jeder, der das wollte, konnte sein Gangstergehabe durchschauen und den Jungen sehen, der hungrig und verletzlich zugleich war. Seine Augen sind auch heute noch so, viel zu milde, als würde ihm da ein Filter fehlen. Als seine Onkel ihn auf die Koranschule nach Pakistan geschickt haben, ging es richtig schief. Ich male mir das so aus: Er ist von seinem Lager auf dem harten Steinboden aufgestanden und vor dem Schweißgestank und den Geräuschen der betenden Knabenstimmen abgehauen, und anstatt sich in die redliche Schönheit des Korans zu verlieben, oder was weiß ich, meinetwegen in den Klang der melancholischen Rufe vom Minarett, hat er sein Herz an das Heroin verloren und danach an jede Form des Rausches. Seine Onkel haben ihn wieder zurückgeholt, und er ist jetzt seit über einem Jahr clean, er geht regelmäßig in eine Selbsthilfegruppe für ehemalige Suchtis in der

Blågårdsgade und macht die beste Calzone im Nordwesten der Stadt.

Ich nehme die dünne weiße Plastiktüte mit meinem Pizzakarton, den Pommes und den kleinen Plastikbehältern mit Mayonnaise. Während Omar die Hand ausstreckt und das Geld nimmt, sehe ich ihm in die Augen und frage stumm, ob es ihm gut geht. Er nickt und entlässt mich in den Regen mit einem kleinen, warmen Gefühl in mir, denn wenn es Omar schafft, dann ist die Hoffnung noch nicht verloren.

Ich wohne seit einundzwanzig Jahren in meiner Wohnung in dem Block aus gelbem Backstein, seit ich achtzehn geworden bin und die Wohngruppe verlassen musste. Das ist meine Höhle, Wohnzimmer, Küche und eine Minikammer, Badezimmer mit Terrazzoboden und der schmalen türkisen Sitzbadewanne, und dann noch mein Balkon, der auf den Hinterhof geht und auf den gerade eben zwei Klappstühle passen. Ich habe noch dieselben IKEA-Möbel wie damals, als mir die Erstausstattung bewilligt und der Kauf von meiner damaligen Sachbearbeiterin überwacht wurde. Die einzigen größeren Anschaffungen, in die ich Geld investiert habe, sind mein Laptop und mein Flatscreen, der an der Wand gegenüber vom Sofa hängt, mein DVD-Player und natürlich meine Filmsammlung. Die paar Sachen, die ich aus meinem Elternhaus in Herlev mitgenommen habe, sind über die ganze Wohnung verteilt: die Porzellanfiguren, die gerahmten Fotos und die gehäkelte Decke.

Ich will nach dem Essen ein Fußbad nehmen, mir

dann vielleicht einen Film auf DVD anschauen oder ein paar Stunden fernsehen, wenn ich mich so lange wach halten kann. Aber als Erstes gehe ich in die Küche und lege den Rest meiner Tageseinnahmen, abzüglich des Taxis und der Pizza, in mein neues Geheimversteck im Kühlschrank unter den Nagellacken. Die Pommes sind noch warm genug, außen knusprig und innen weich, der Rand der Pizza ist leicht angebrannt und splittert, und der geschmolzene Käse zieht lange goldene Fäden vom Boden des Kartons. Während ich esse, bereiten zwei Promis im Fernsehen Jakobsmuscheln in Lakritzsoße und Risotto mit Seetang zu, und ein noch viel berühmterer Koch bejubelt sie oder schreit sie an. Nach dem Essen schlafe ich unter der gehäkelten Decke auf dem Sofa ein und träume, wie mich *der Feilscher* in einer riesigen blitzblank geputzten Küche herumkommandiert, in der keine der Schranktüren einen Griff hat.

Die Klingel, dreimal kurz, rettet mich vor *dem Feilscher*, ich befreie mich aus der Decke, humple in den Flur und drücke den Türöffner. Ich erkenne Sixtens Schritte im Treppenhaus, schwer und schnell. Die Regentropfen liegen wie durchsichtige Perlen auf seiner Jacke, als er vor der Tür steht.

»Hey, Elvi.«

Er behält die Jacke an und bleibt vor mir stehen, während sein Körper vor- und zurückschaukelt. Unter der Jacke trägt er ein zerrissenes T-Shirt mit dem hellblauen UNICEF-Logo drauf. Weiß der liebe Herrgott, wo er das herhat. Die Jeans glänzen und sind ganz steif vor Dreck, und hinter einem dicken Loch im Stoff kann man seine knochigen Knie sehen. Er zittert.

»Ist es schlimm?«

Sixten setzt sein panisch-pathetisches Grinsen auf und nickt ein paarmal sehr schnell hintereinander. Ich habe das Bedürfnis, ihm über die Wange zu streicheln. Seine großen Hände, die aus den abgewetzten Ärmeln seiner Lederjacke hängen, zittern, von seinen Fingerspitzen fallen Regentropfen auf den Boden. Seine Finger, die früher mal stark und schlank waren, sind von dem billigen Stoff dick wie Würste geworden. Ich lasse ihn im Treppenhaus warten, während ich hinter der verschlossenen Küchentür ein paar Scheine aus meinem Geheimversteck hole.

»Das ist alles, was ich habe.«

Ich sehe den Anflug von Unbehagen in seinem Gesicht, als er die Scheine annimmt, ich weiß, dass er es hasst, Geld von mir zu nehmen, und wir beide wissen, dass er es immer und immer wieder tun wird. Er lächelt mich an, verlegen, als hätte er meine Gedanken gelesen, dann dreht er sich um und geht.

»Kommst du wieder?« Er sieht über die Schulter.

»Willst du das denn?« Ich nicke. Das weißt du doch genau, denke ich, das musst du doch wissen. Kurz danach höre ich, wie die Haustür ins Schloss fällt. Es ist schon spät. Der Regen und die Dunkelheit haben sich um den hell erleuchteten kleinen Quader meiner Wohnung gelegt. Ich gehe zurück in die Küche. Wenn Sixten zurückkommt, werde ich versuchen, ihn dazu zu bringen, was Richtiges zu essen, aus meinem großen Fundus von Fertiggerichten im Gefrierfach. Die habe ich extra für ihn gekauft, ich nehme immer die mit dem grünen Label für gesunde Ernährung. Ich entscheide mich für Fleischklöße in Currysoße mit braunem Reis und stelle die Packung neben die Mikrowelle, hole eine Schale für mich aus dem Schrank und fülle sie mit Chips.

»Vielen Dank fürs Essen.«

Sixten ist so schnell aufgestanden und hat den Teller rausgetragen, dass ich nicht sehen kann, wie viel er tatsächlich gegessen hat. Fast nichts wahrscheinlich, mit ihm stimmt irgendetwas nicht, die Art, wie seine Augenlider flattern.

»Schläfst du hier?«, rufe ich in die Küche.

»Du weißt genau, dass ich das nicht kann«, sagt er, als er wieder im Wohnzimmer ist, beugt sich zu mir und streichelt mir mit seinen kalten Fingern, die nach Rauch riechen, über die Wange, dabei schüttelt er den Kopf, seine Augen sind dunkel und fremd, sie schwimmen, er spricht ganz langsam, mit tiefer Stimme, nuschelt ein bisschen. Er liegt in den Armen seiner chemischen Geliebten, früher war das einmal ein dunkler und süßer Ort, glaube ich, aber jetzt ist es zu einem Zwang geworden, um ein Leben in sicherer Entfernung vom nächsten Entzug zu garantieren. Ein Junkie hat es immer eilig. Sixten weiß, dass ich es hasse, dass er fixt, dass ich das Geräusch hasse, wenn das Heroin seinen Kopf schwer auf die Tischplatte knallen lässt. Dass ich mich nie an den Anblick seiner Pupillen gewöhnt habe, die sich zusammenziehen und zu winzigen spitzen Punkten werden, an den glasartigen Film, der sich über seine eigenartig müden Augen legt, an seine Haut, die ganz wächsern und kalt wirkt, und daran, dass er aussieht wie ein wandelnder Toter.

Ich bleibe auf dem Sofa sitzen, während Sixten duschen geht. Die feuchte Luft und der Geruch von Shampoo wehen ins Wohnzimmer. Seine Klamotten liegen auf einem Haufen im Flur. Manchmal muss ich die Sachen mehrmals waschen, um den Geruch rauszubekommen, manchmal schmeiße ich sie auch einfach weg. Ich kaufe neue Klamotten für ihn im Secondhandladen und Unterhosen und Strümpfe im Netto, ich sorge immer dafür, dass ich ein sauberes Set zu Hause habe. Nach dem Duschen bleibt er noch ein bisschen bei mir, und ich versuche, ihm die Neuigkeiten aus der Nase zu ziehen. Es geht fast immer um Geld, neue Schulden, er leiert irgendeine Erklärung herunter, dass es eigentlich ein Superdeal gewesen ist, den er da gemacht hat, dass es richtig gutes Zeug war, gute Qualität, er sollte das verkaufen, und er hatte damit gerechnet, genug für seinen Verbrauch zu verdienen, damit er nicht das machen muss, was viel schlimmer ist. Obwohl ich das alles schon mehr als einmal gehört habe, unterbreche ich ihn nicht, ich warte, bis er fertig ist. Ich gebe mir sehr viel Mühe, damit meine Frage nicht zu wertend und verurteilend klingt.

»Wie viel schuldest du ihnen denn?«

»Zweihundert Riesen.« Er sieht mich nicht an dabei, seine Augen liegen im Schatten, nur seine hohen Wangenknochen und der Schwung seiner Lippen sind zu sehen. Mir dreht sich der Magen um, ich schlucke.

»Das ist ganz schön viel Geld«, sage ich dann.

»Ja.«

Er erzählt mir, dass er zehn Tage Zeit hat, um seine Schulden zu bezahlen, ich muss gar nicht erst anfangen zu rechnen, es ist unmöglich, in so kurzer Zeit so viel Geld zu beschaffen, nicht einmal, wenn ich beide Schichten übernehmen und durcharbeiten würde. Im Augenwinkel sehe ich, dass Sixten aufsteht und zu mir kommt, er beugt sich über mich.

»Hallo!« Ich will ihn nicht ansehen, starre auf den Fernseher.

»Sieh mich an.« Seine Stimme klingt nicht mehr belegt und langsam, er stellt sich vor mich, versperrt mir die Sicht.

»Ich bin es, okay? Du musst dir keine Sorgen machen, das ist nicht dein Problem. Und du kennst mich doch, ich finde immer eine Lösung, oder?« Er bewegt sich keinen Millimeter, erst als ich nicke und mich zu einem gequälten Lächeln zwinge.

Er setzt sich hin und dreht sich eine Zigarette. Die dicken roten Finger arbeiten ruhig und zittern nicht mehr, und in dem etwas dunklen Wohnzimmer sieht er mit ein bisschen gutem Willen fast so aus wie früher, die platte Nase, die blauen Augen, der weiche, fast feminine Mund, der gerne lächelt. Seine Haare sind oben ganz kurz geschnitten und stehen ab, im Nacken trägt er sie etwas länger, er sieht aus wie ein Wikinger, finde ich, oder vielleicht auch wie ein Pirat. Eine ausgemergelte Gestalt auf einem schwankenden Untergrund, aber mit diesem Leuchten, das er nicht verbergen kann, das ihn nach wie vor begleitet, wenn auch meistens als flackerndes Licht. Ein Journalist hat ihn in einer Schlagzeile mal den freundlichen Bankräuber genannt, das ist lange her, als er wegen Bankraub geschnappt wurde. Die Angestellte am Schalter hatte Todesangst, darum hat sich Sixten über den Tresen gelehnt und ihr eine Hand auf die Schulter gelegt und gesagt, dass sie sich entspannen kann, weil es nicht ihr Geld ist. Und als er merkte, dass ihr das nicht half, hat er seine Stimme gesenkt und ihr zugeflüstert: »Ich tu dir doch nichts, okay, immer mit der Ruhe, ich werde dir nichts tun.« Das hat sie später lang und breit erzählt und mit einem verlegenen Lächeln gesagt, dass sie sehr froh war, ausgerechnet von ihm ausgeraubt worden zu sein.

Sixten hat es auch heute noch, dieses ganz besondere Leuchten, die Menschen mögen ihn instinktiv, man vertraut ihm blind. Mama hatte es auch, diese Leichtigkeit, diese Fröhlichkeit, und die Welt hat das verstanden, sich dem gefügt und wurde besser in ihrer Nähe. Manchmal sehe ich sie in Sixten, in seinen Augen oder in der Art, wie er sich bewegt, dann taucht sie plötzlich wie aus dem Nichts auf. Wenn er den Kopf zur Seite dreht und ein Grinsen unterdrückt, wenn er sich auf etwas konzentriert. Aber Sixten ist nicht wie sie, wo sie felsenfest stand und niemals wankte, schwankt und flattert er wie ein Insekt im Licht.

Eine der Sachbearbeiterinnen sagte mal zu mir, dass ich ein ungesundes Verhältnis zu Sixten habe, das mich daran hindert, auf eigenen Beinen zu stehen und mein Potenzial zu entfalten. Ich nickte stumm und mit dem dumpfen Aquariumsblick, musste aber den Impuls unterdrücken, mich quer über den Tisch zu werfen, ihren Kopf gegen die Wand zu schmettern und ihr beizubringen, was Loyalität ist, was Liebe ist, was es bedeutet, wenn man alles für einen anderen Menschen opfern würde. Der Gedanke macht mich traurig. Ich bin wahrscheinlich die Einzige auf der Welt, die ihm seine schlechte Körperhygiene verzeiht, auch seinen fehlenden Schneidezahn oder den traurigen Zustand der übrigen Zähne, oder die Gefängnistattoos, die in bläulichen Mustern zwischen den Wunden und Abszessen auf seinen Armen verlaufen, und die Landschaft seines großen Gesichts, das aus Narben und Kratern besteht, und die Haut, die sich bleich und gelblich und viel zu stramm um die Knochen spannt. Ich bin die Einzige, die weiß, was für ein Mensch er wirklich ist. Oder sein könnte. Ich sehe weg, will nicht mehr daran denken, und vor allem will ich nicht heulen bei dem Gedanken daran, dass mein Zwillingsbruder viel zu schnell von innen aufgefressen wird, und ich will auch nicht an die Leute denken, denen er so viel Geld schuldet. Oder daran, wie das Risiko, einen Finger oder einen Zeh zu verlieren, mit den Zinsen steigt, die für den ohnehin schon unfassbaren Betrag verlangt werden.

Er sieht, woran ich denke oder woran ich versuche nicht zu denken, denn er neigt seinen Kopf zur Seite und lächelt mich an. »Schwesterchen«, sagt er, »wollten wir nicht einen von deinen alten Filmen schauen?« Und als ich nicht antworte, ihn nicht einmal ansehe, sagt er: »Och, komm! Bitte, bitte, bitte.« Und ich werde weich, natürlich, wie immer.

»Welchen denn?«, piepse ich.

»Du suchst aus«, sagt er und kommt zu mir aufs Sofa, damit ich meinen Kopf an seine Schulter lehnen kann. Wir sehen »Der Pate«, Teil 1, und ich schlafe kurz darauf zwischen meinem ramponierten Zwillingsbruder und dem jungen Al Pacino ein.

Als ich aufwache, bin ich wieder allein. Grauweißes Licht fällt durch die Fenster und beleuchtet die dünne Staubschicht, die auf allem liegt. Ich schließe die Augen, versuche, mit den Verkehrsgeräuschen auf dem Frederikssundsvej im Hintergrund wieder einzuschlafen, ein Nachbar über mir benutzt die Klospülung, ein Radio spielt Musik. Aber nach einer Weile gebe ich auf, gehe in die Küche und mache eine Packung Chocolate Chips Cookies auf, die großen hellbraunen, außen knusprig und innen ein bisschen zäh, dazu ein Glas kalte Milch, ich setze mich an den kleinen Ausziehtisch. Keine Anzeichen für nächtliche Fressorgien. Aber irgendetwas ist anders, vielleicht die Anordnung der Sachen im Kühlschrank, ich stehe wieder auf und sehe in meinem Geheimversteck nach. Das Geld ist weg. Alles. Mir wird schwindelig, ich schwanke, fühle mich ganz leer und gläsern. Ich setze mich wieder hin und esse die ganze Packung Kekse auf, kaue jeden einzelnen besonders gründlich, bis mir fast übel wird, ich fühle mich schwer und voll.

Es ist lange her, dass er mich beklaut hat. Er hatte eine ziemlich stabile Phase dank einer sanften Mischung aus Methadon und Heroin. An unserem Geburtstag sind wir zusammen essen gegangen, ich habe das gemacht, obwohl ich Essen in der Öffentlichkeit hasse, Køster war auch mit, er hatte uns sogar Geschenke gekauft, Parfum für mich und ein Hemd für Sixten. Der war bester Laune, wie der alte Sixten, er flirtete mit der Kellnerin, die so nett war und mitmachte, wir waren fast wie eine ganz normale kleine Familie. Wir unterhielten uns über die Möglichkeit, Heroin auf Rezept zu bekommen, und dass er dann ein fast ganz normales Leben führen könnte, mit einer kleinen Wohnung bei mir gegenüber. Køster könnte zu Besuch kommen, und wir könnten beide auf unseren Balkonen in unseren gelben Mietshäusern sitzen und uns über die matschige Grünfläche hinweg zuwinken. Das war alles nur so dahingesagt, Sixten hat es längst wieder vergessen, aber mir ist es im Kopf hängen geblieben wie ein Filmtrailer in Zeitlupe und in Pastellfarben, Sixten auf dem Balkon, in Sicherheit, winkend und lächelnd.

Das Problem ist nicht nur, dass er das ganze Geld genommen hat, sondern auch, dass er meine Nagellacke gesehen und sie durcheinandergebracht hat. Die gehören mir ganz allein. Schlimm ist auch der Gedanke an die zweihunderttausend Kronen, die in zehn Tagen fällig sind. Sixten hat den letzten Freundschaftsdienst aufgebraucht und längst jegliche Loyalität hinter sich gelassen. Und er hat mir mehr als einmal gesagt, dass er es nicht noch mal überlebt, wenn er wieder in den Knast muss. Dieses Eingesperrtsein hat etwas mit ihm gemacht. Schon bei dem Gedanken daran bekommt er Panik und kriegt keine Luft mehr. Die Decke und die Wände sind immer näher gekommen, und es hat sich so angefühlt, als würden ihn die sieben Quadratmeter verschlingen. Er muss unter freiem Himmel sein, muss sich frei in der Welt bewegen können. So ist er, mein Sixten, auch in seinen allerschlimmsten Momenten, nach Kotze stinkend, fiebernd, vollgeschissen und total am Arsch. Er ist ein Mann, der seine Freiheit liebt, ein tragischer Junkieheld, Scheiße bis zu den Knien, aber den Blick auf den Horizont gerichtet. Niemand ist so unfrei wie er, aber scheiß drauf, ich zwinge mich, nicht an ihn zu denken, esse die Krümel vom Tisch, einen nach dem anderen, stehe wieder auf und erinnere mich daran, dass heute ja eigentlich ein guter Tag vor der Tür steht.

Ich schwitze und bin ganz außer Atem, als ich mich auf den Stuhl setze. Außer in der kurzen Phase, als ich das Schleudertrauma hatte und vom Amt Taxigutscheine bekommen habe, fahre ich immer mit dem Bus zum Jobcenter, um bloß keine falschen Signale zu senden. Meine Sachbearbeiterin sieht mich mit ihrem bewährt resoluten Lächeln an. Wir sind jetzt schon seit ein paar Jahren ein Team, ich habe nichts gegen sie, abgesehen von der Tatsache, dass sie auf dieser Welt ist, um mir mein Leben schwer zu machen, und ihr das leider auch ziemlich oft gelingt. Als ich mit fünfzehn meine vierte Sachbearbeiterin zugewiesen bekam, habe ich beschlossen, mir keinen ihrer Namen zu merken. Ein ausgezeichnetes Prinzip, das den notwendigen Abstand ermöglicht und das ich später auch auf andere Beziehungen übertragen habe. Aber Freundlichkeit kostet ja nichts. Darum sage ich:

»Ihre Haare.«

»Oh.« Ihr Blick wird ganz weich. Sie streicht mit der Hand über ihre Locken, die in einem Rotton gefärbt sind, den man ohne zu zögern als Lila bezeichnen würde, wenn man nicht wüsste, dass es sich um eine Haarfarbe handelt.

»Dass Ihnen das auffällt.«

Ich erwidere vorsichtig ihr Lächeln.

»Schön.«

»Danke. Ich finde es auch ziemlich gut.« Sie zögert, schüttelt dann diesen Moment ab, in dem wir uns fast auf Augenhöhe begegnen, und macht sich auf die Suche nach einer Unterlage in ihren Papierstapeln auf dem Schreibtisch.

»So, dann wollen wir mal.«

Es folgt die Standardunterhaltung. Sie stellt mir eine Frage. Ich antworte einsilbig, ja, klar, geht so, okay, so in die Richtung, das ist schnell überstanden.

»Elvira, wir haben ja über die Möglichkeiten einer Erwerbsminderungsrente gesprochen.« Dann ist heute dieser Tag. Die Entscheidung vom Rehabilitierungsteam liegt vor. Ich erinnere mich noch sehr gut an das Treffen mit dem Team, in einem Raum, in dem ausnahmsweise mal Kaffee und Tee auf dem Tisch standen, ich saß am anderen Ende, stumm und mit dumpfem Aquariumsblick, während in mir eine wilde und ungestüme Hoffnung herumflatterte, und ich habe ihre Fragen mit tief gesenktem Kopf beantwortet. Jetzt rast mein Herz, ich schwitze wie bekloppt, rutsche auf dem Stuhl hin und her und sehe ihr zur Abwechslung das erste Mal direkt in die Augen, ohne einen Hauch von Aquarium.

»Ja.«

»Sie sind ja noch keine vierzig.« Sie sieht mich an, mit so einem Blick, den ich nicht richtig deuten kann, und ich spüre, wie die Feuchtigkeit an meinen Händen durch den Hosenstoff dringt.

»Aber fast.« Das ist noch nicht einmal gelogen, aber meine Stimme klingt dünn und glaubt offensichtlich selbst nicht an ihre Überzeugungskraft. Leute unter vierzig sollen keine Rente bekommen, wir sollen einen sogenannten individuell zugeschnittenen Wiedereinstiegsplan erhalten, ich weiß das alles, ich habe schließlich meine Hausaufgaben gemacht.

»Wir haben uns das alles ganz genau angesehen.« Ich muss sie gar nicht ansehen und weiß, dass sie dieses Das-ist-doch-nur-zu-Ihrem-Besten-Lächeln aufgesetzt hat.

»Aber dann bin ich über so ein ganz neues Projekt gestolpert, in das Sie perfekt passen.«

Meine Hoffnung sinkt wie ein überfülltes Boot mit illegalen Flüchtlingen. Es gibt keine Überlebenden, das weiß ich jetzt schon. Ich sehe *der Lilafarbenen* ins entschlossene Gesicht, ohne zu hören, was sie sagt, von Nahem ist ihre Haut grobporig und trocken, man kann ihr ansehen, dass sie raucht. Das tun fast alle im Jobcenter, ist ja auch nicht der geilste Job der Welt, die brauchen auch legale Stimulanzien wie Zigaretten, schwarzen Kaffee, Glückspillen, süße Teilchen vom Bäcker und die Schokobox im Frühstücksraum. Sie ist auch nur ein Mensch, beruhige ich mich, während sie in ihren Unterlagen nach meinem Ablehnungsbescheid und nach der Broschüre für das neue Projekt sucht. Sie reicht mir beides zusammen. Die Broschüre hat das gängige Format, ein DIN-A4-Bogen in Schwarz-Weiß, in der Mitte gefaltet und mit lustigen Illustrationen versehen.

»Also, ich glaube, das ist genau das Richtige für Sie.«

Mir bleibt nichts anderes übrig, ich nehme die Broschüre mit spitzen Fingern entgegen, sie trägt den Titel HOPLA, ich versuche, meinen Gesichtsausdruck so neutral wie möglich zu halten. HOPLA, so lese ich, steht für Humor, Optimismus, Partizipation, Lebensfreude und Anerkennung. Das ist wie eine Faust ins Gesicht, das Schicksal bricht in schallendes Gelächter aus und triumphiert über mich. Und ich kann niemandem Vorwürfe machen außer mir selbst. Ich hätte es kommen sehen müssen. Ich habe mich zu sicher gewähnt und nichts zu meiner Verteidigung vorbereitet. Ich hätte Lust zu schreien. Oder zu schlagen. Jemanden. Mich selbst.

»Das sieht doch toll aus, oder?« Ich nicke langsam, fuck, fuck, fuck, ich sinke, werde in ein dunkles schwarzes Loch gezogen, ich ertrinke, ich sterbe, aber ich schaffe es, meine Stimme unter Kontrolle zu bringen.

»Doch, super. Super.«

Aus irgendeinem Grund wiederhole ich das, *die Lilafarbene* sieht mich aufmerksam an, ich bemerke, dass wir im Takt nicken, und unterbinde das schlagartig. Dass sie mein Leben zerstört hat und ich absolut nichts dagegen tun kann, mag ja noch angehen, aber dass ich deswegen mit ihr jubelnd synchronnicken muss, das ist eindeutig zu viel des Guten.

»Und das Tolle daran ist, dass Sie genau zu der Zielgruppe von HOPLA gehören.«

Mit anderen Worten, zu der Gruppe von hoffnungslosen Fällen. Mein Handschweiß hat das Papier durchweicht.

»Es geht am 14. los. Sie können also von Anfang an dabei sein. Und die Veranstaltungen finden auch ganz in Ihrer Nähe statt.« Wie wunderbar.

»Ja.«

Der Aquariumsblick kommt ganz von alleine. In mir herrscht nur undurchdringliche Dunkelheit.

»Ist das jeden Tag?«

Die Lilafarbene ist gerade mit etwas am Computer beschäftigt. Verblüfft hebt sie den Kopf.

»Was? Ja, natürlich ist das jeden Tag.« Und es besteht Teilnahmepflicht, und die Teilnahme wird nicht vergütet, das muss ich gar nicht erst fragen.

Das Lächeln *der Lilafarbenen* ist dünner geworden, unsere Zeit ist unverkennbar abgelaufen.

»Dann machen wir das so, Elvira? Viel Glück damit. Ich glaube fest daran, dass es richtig gut werden kann. Ein Neuanfang, oder?«

Ich stehe auf und gehe, ohne zu antworten, den Ablehnungsbescheid lasse ich auf dem Tisch liegen, die Broschüre bleibt an meinen Fingern kleben. *Die Lilafarbene*, die sich schon wieder dem Computer zugewandt hat und etwas tippt, bemerkt das alles nicht.

Ich gehe den ganzen Weg nach Hause. Mir tun die Knie und meine Füße weh, aber ich laufe weiter, latsche behäbig und wie ein Zombie durch den Regen. Beim Bäcker an der Ecke vom Tagensvej hole ich mir ein Teilchen mit weißer Glasur und süßer Füllung, eine Direktorenschnecke, die ich im Gehen esse. Die Leute sollen ruhig glotzen, ich brauche das jetzt, mir ist das egal, eigentlich ist mir zum Heulen, aber ich kann mich verdammt noch mal zusammenreißen, wenn ich will. Obwohl ich das bei dem Regen eigentlich gar nicht müsste, die Tränen würde niemand bemerken, hier ist es total leer, und die paar Leute, die mir entgegenkommen, haben ihre Köpfe gesenkt und stieren auf den nassen Bürgersteig und auf die immer größer werdenden Pfützen, ohne mich oder meine verregnete Direktorenschnecke auch nur eines Blickes zu würdigen. Und da muss ich an die

Schlussszene von »Blade Runner« denken, in der Roy Batty, verkörpert von Rutger Hauer, sinniert: »All diese Momente werden verloren sein in der Zeit, so wie Tränen im Regen.« In dieser Szene hat er mich immer an Sixten erinnert, der Replikant, der seinen Untergang beschreibt und sich seiner besonderen Schönheit bewusst wird. Mein Untergang ist dagegen banal, albern. Wäre das ein Film, hätte er die schrille Jukebox-Version von »Regen auf dem Solitudevej« als Soundtrack. Mein Untergang ist so traurig und vorhersehbar wie unausweichlich.

Als ich nach Hause komme, bin ich triefend nass, und das gilt auch für die Broschüre. Ich hätte Lust, diesen bescheuerten Wisch zusammenzuknüllen und sonst wohin zu werfen, aber stattdessen lege ich ihn zum Trocknen auf die Heizung. Ich habe ein paar Scheine für absolute Notsituationen in der hintersten Ecke im Kleiderschrank versteckt, unter alten Schlüpfern, ein Versteck, das Sixten bisher zum Glück noch nicht gefunden hat. Hoffe ich zumindest. Aber das Geld ist noch da, und ich kann meinen Plan B vorerst fallen lassen, dann hätte ich nämlich die Pfandflaschen, die auf dem Balkon stehen, zurückgebracht. Ich sehe, dass ich gerade noch rechtzeitig bin, um mir eine Mittagstischpizza zu bestellen. Bevor ich die Pizza abhole, gehe ich in den Supermarkt, der voller schlecht gelaunter Mütter mit müden Kindern im Schlepptau ist. Ich sammle meine Sachen zusammen, während ihre Migräneblicke an meinem Körper hoch und runter wandern, danach bringe ich meine Pizza und die Einkäufe nach Hause, schütze sie vor dem Regen, der nicht aufhören will, vom dunkelgrauen Himmel zu fallen. Die Pizza ist mit Peperoni, ich setze mich aufs Sofa und esse sie direkt aus dem Karton, danach esse ich noch vier Schokoladenmuffins mit dunkler Schokolade aus dem Supermarkt. Dazu trinke ich Schokoladenmilch, die kalte Flüssigkeit kleidet mein Inneres mit einer herrlichen Schwere aus, während ich zwischen zwei Serien und einer Maklersendung hin und her zappe. In der Regel beruhigt mich Fernsehen, aber heute sind alle nur gleichgültig und unerreichbar, wie hysterische Puppen mit schrillen Stimmen und perfekten Zahnreihen. Ich schalte aus. Das Tageslicht ist auf dem Rückzug, die Stille senkt sich über den Raum, und ich merke, dass ich jetzt ganz gut weinen könnte.

Stattdessen aber scheuche ich mich vom Sofa hoch, um alle Utensilien zusammenzusuchen. Farbe, Wattepads, Nagellackentferner, Fußbadesalz, Bürste, Nagelknipser und Feile. Auf dem Boden vor dem Sofa breite ich ein Handtuch aus, auf das ich die Wanne mit dem warmen Wasser stelle. Vergeht mehr als eine Woche, sind die Füße nicht mehr weich, die Fersen werden rau und rissig, die Nägel verfärben sich, sie werden gelb und verhornen und sehen dann aus wie Krallen unter dem Lack. Ich kaufe ausschließlich Nagellack von Chanel. Normalerweise macht es mich froh, wenn ich die identischen kleinen Fläschchen mit dem schwarzen Deckel und den unterschiedlichsten Rotnuancen sehe, wie sie alle in Reih und Glied in meinem sehr dicht bestückten Kühlschrank stehen. Aber heute hat der Anblick nicht diese Wirkung, ich muss an Sixten denken, daran, dass er jetzt meine dumme kleine Eitelkeit kennt. Das mit meinen Füßen. Und ich muss an das Geld denken, das er den Typen schuldet, zweihundertfuckingtausend Kronen.

Ich schüttle den Gedanken wieder ab und konzentriere mich, entscheide mich für ein zartes, mattes Mittelrosa, »Rose Confidentiel«, mit diesem Namen muss es die richtige Farbe sein, ich kichere vor mich hin und über mich selbst und über mein jetzt nur noch halb heimliches Fußritual. Wie immer sorge ich dafür, dass Snacks und Getränke bereitgestellt sind, damit ich nicht zwischendurch aufstehen muss, wenn ich erst einmal losgelegt habe. Außerdem liegen Telefon und Fernbedienung in Reichweite. Dieser Tag erfordert zweifellos einen Lieblingsfilm, ich schwanke noch zwischen mehreren Optionen, aber da habe ich eine plötzliche Eingebung und nehme »Apocalypse Now« im Director's Cut. Als alles vorbereitet ist, setze ich mich hin und tauche meine Füße knapp unter die Wasseroberfläche meines siedend heißen Fußbads, diese Bewegung wiederhole ich ein paarmal, bis ich die Füße im Wasser lassen kann, ohne mich zu verbrennen, reintauchen, aushalten, wieder hoch, reintauchen, Duftwolken des Badesalzes steigen mir in die Nase. Saigon. Die Hitze, das zerknüllte Laken unter ihm, der Ventilator an der Decke, Schnitt zum Hubschrauber. Die Hitze, der Fluss, die Erinnerungen. Ich sollte es eher mal mit lauwarmem Wasser versuchen, das ist besser für die Haut, aber ich mag das Gefühl, wenn die feinen Härchen auf den Beinen wegen der Hitze unter Schock sind und zu Berge stehen. Nachdem ich dann eine ganze Weile später alles erledigt habe, die Füße eingeweicht, die harte Haut abgerubbelt, Nägel geknipst und zurechtgefeilt, die tolle rosa Creme richtig in die Haut einmassiert, besonders an den Fersen, und dann am Schluss den Lack zweimal aufgetragen, zuerst Unterlack und dann Topcoat, versteht sich – nachdem ich all das getan habe, bleibe ich sitzen und betrachte das einzig Hübsche an mir. Meine Füße. Meine Nägel sehen aus wie glänzende kleine Bonbons. Und da fange ich an zu weinen.

3.

Am nächsten Tag habe ich wieder eine Tagesschicht. Im Keller hängt der vertraute Geruch, eine Mischung aus Sperma, Deo, Kondomen und feuchten, kalten Backsteinwänden. Hier hat die Lust das Sagen, tropft von den Wänden und hängt schwer in der Luft. Darum lüfte ich als Erstes, setze Kaffee auf, überprüfe die Zimmer und leere den Trockner. Auf dem Weg zur Arbeit habe ich mir Buttermilchhörnchen gekauft, sie sind noch warm, haben eine dicke, schwere Kruste sowie eine schöne, leicht eingerissene Glasur und warten vor dem Computer auf mich. Ich habe den Fernseher eingeschaltet und bin gerade dabei, die Kekse und den Kaffee aufzudecken, da höre ich jemanden an der Tür klappern. Als ich eine große Männergestalt hinter dem Milchglas sehe, werde ich von Panik gepackt, bis ich erkenne, wer es ist. Køster. Trotz seiner Größe bewegt er sich nahezu lautlos, fast grazil, und ich muss unwillkürlich an einen großen Löwen denken.

»Guten Morgen, mein Schatz.«

Køster ist Polizist, aber in Zivil gekleidet, er lächelt, und das Leuchten seiner grünen Augen trifft mich mitten ins Herz. Nur er und ich wissen, dass er der

Besitzer des Kellers ist, nur wir beide wissen von der Existenz des Safes, der hinter den Handtüchern in einem der Schränke versteckt ist, wir, nur wir kennen den Code. Ich deponiere die Tageseinnahmen darin, wenn er keine Zeit hat, um das Geld abzuholen. Im Safe liegt neben den Scheinen noch eine grüne Mappe aus Kunststoff. Ich nehme an, dass er darin Rechnungen, Mietvertrag und so was aufbewahrt, wichtige Unterlagen eben, die niemand sonst sehen soll. Ich habe da noch nie reingeschaut, je weniger ich weiß, desto besser, ich vertraue Køster da total, und mir kann er auch total vertrauen.

Er ist schon lange nicht mehr vorbeigekommen, ich überlege kurz, ob alles so ist, wie es sein soll, dann verschwinde ich in seinen kräftigen Armen und lasse mich von ihnen umschlingen. Køster ist einer der wenigen Menschen, von denen ich mich berühren lasse. Er riecht gut und dunkel, nach Leder und Parfum, ich schließe für einen Moment die Augen, und als wir uns wieder loslassen, sieht er mich lange an und lächelt und zeigt dabei seine besonders weißen, ebenmäßigen Zähne. Seine schwarzen Haare, die ein paar graue Tupfer bekommen haben, sind ganz kurz geschnitten, seine Augen umrahmt von dichten, langen Wimpern, sein Gesicht ist breit und markant, die Haut unter der Lederjacke und dem hellblauen Poloshirt glatt und gebräunt. Früher wurde er »der schöne Køster« genannt. Er ist nach wie vor Sixtens bester Freund und der Einzige aus Herlev, mit dem wir Kontakt gehalten haben. Die beiden waren unzertrennlich, das Helle und das Dunkle, Yin und Yang, beide waren groß gewachsen und scheinbar unbezwingbar, sie hatten immer Geld in der Tasche, ein paar Jahre lang lief alles bestens, und ich bekam auch etwas von ihrem Sternenstaub ab. Danach ging jeder seiner Wege, trotzdem blieben sie Freunde. Køster nahm den direkten Weg. Als wir achtzehn wurden, absolvierte er den Wehrdienst, während Sixten seine Haftstrafe absaß und ich aus der Wohngruppe aus- und in die Wohnung im Nordwesten einzog. Nach ein paar Jahren beim Militär wurde Køster an der Polizeischule angenommen, Sixtens Wege wurden immer undurchsichtiger.

Ich war damals so glücklich, als ich mit ihnen durch die Stadt zog, mit Køster auf der einen Seite, der so schön und gefährlich war wie Ray Liotta in »Good-Fellas«, und Sixten auf der anderen, dem großen und strahlenden Indianer. Ich fühlte mich unbesiegbar, wenn ich von meinen Jungs flankiert wurde. In der Regel schickten sie mich nach Hause, bevor Køsters Augen anfingen zu flackern und Sixten sich langsam in andere Welten verabschiedete. Sie gaben mir Geld fürs Taxi und Küsse auf die Stirn, und am darauffolgenden Vormittag tauchten sie oft in meiner Wohnung auf, gemeinsam oder einzeln, verkatert und voller Geschichten. Sie brachten meistens Brötchen mit und blieben dann auf meinem Sofa hängen, daraus wurden lange Sonntage, an denen wir einen meiner Filme sahen und uns damit abwechselten, Cola- und Fast-Food-Nachschub zu besorgen.

Später ging ich dann mit zu den Partys. Sixten hatte jedes Wochenende Ausgang, und wir feierten, die Zukunft strahlte hell, und es fehlte uns an nichts. Es wurde an nichts gespart, es gab Cocktails und Lines auf dem Klo. Ich saß mit Nutten und Taschendieben zusammen, mit Platinblonden in Miniröcken und ihren glatzköpfigen, tätowierten Muskelmännern, mit alten Bekannten aus dem Viertel und neuen Bekannten von Sixten aus dem Gefängnis. Ich prostete ihnen zu und lachte mit ihnen, ich bekam Drinks und Komplimente von Mädchen, die dachten, dass der Weg zu Køster und Sixten über mich ging. Es waren diese Momente, in denen wir uns alle drei gleichzeitig quer durch den Raum ansahen, Køster zwinkerte, Sixten lächelte und ich hob mein Glas. Da dachten wir, wir hätten es geschafft. Wir drei Musketiere, Sixten, Køster und ich. Das war damals, als weder Køster noch ich begriffen hatten, wie es um Sixten stand, wie tief der Stachel bereits in Sixtens Fleisch steckte.

»Wie geht es dir?« Køster steht ganz dicht vor mir.

»Prima.« Meine Stimme ist nur ein klägliches Krächzen.

»Und wie geht es unserem Sixten?«

Er runzelt die Augenbrauen, neigt seinen Kopf zur Seite, ich schüttele den Kopf und weiß nicht, was ich sagen soll. Sein grüner Blick und die Art, wie er »unser Sixten« sagt, sorgen dafür, dass meine Unterlippe anfängt zu zittern. Er legt seine Hand auf meine Schulter, kommt noch näher. Ich will mich unter seiner Hand wegwinden, nur schnell sagen, dass mit

Sixten alles in Ordnung ist, aber ich bleibe stehen und merke, wie mir eine Träne die Wange hinunterläuft.

»Komm, setz dich mal hin, Elvira, immer mit der Ruhe.«

Er führt mich zum Sofa, und ich lasse es geschehen, wir setzen uns einander gegenüber hin und ignorieren die Geräusche des Films »Teenagecheerleader bekommen den Hintern versohlt«. Auf dem Tisch zwischen uns steht eine geblümte Box mit Kleenex, Køster zieht eins heraus und reicht es mir. Ich wische mir die Augen damit, putze mir die Nase und beruhige mich langsam wieder.

»Tschuldige, Køster.«

Abwehrend hebt er die Hand, seine dicke Uhr glitzert in dem gedämpften Licht.

»Sag bitte Bescheid, wenn ich etwas für dich tun kann. Du kannst immer zu mir kommen. Das weißt du, oder?«

Ich nicke.

»Braucht er Geld?«

Ich nicke.

»Wie viel?«

Ich nenne die Summe, Køster seufzt, lehnt sich zurück und nimmt ein Vanillekipferl aus der Keksschale, mustert es eingehend, entscheidet sich anders und wirft es zurück.

»Zweihundert Riesen! Das ist auch für mich eine Stange Geld.«

»Ich weiß.«

»Aber wir kriegen das schon hin. Natürlich.«

Er seufzt ein zweites Mal, wir bleiben eine Weile schweigend sitzen, und ich will gerade das Schweigen brechen, als er sich vorbeugt und seine Hand auf mein Knie legt.

»Du weißt, dass ich alles für Sixten tun würde.«

Ich nicke. Seine Hand bleibt liegen, warm und schwer, nur durch eine dünne Stoffschicht von meiner Haut getrennt.

»Wenn ich einen kleinen Vorschuss bekommen könnte …« Mein Satz verklingt, Køster nimmt seine Hand von meinem Knie, lehnt sich wieder zurück und mustert mich mit verschränkten Armen.

»Vielleicht kannst du mir auch bei einer Sache helfen.«

Ich nicke erleichtert. Ich würde nichts lieber tun, als Køster zu helfen, denn er hilft uns immer, aber so ist das bei uns, wir drei sind miteinander verbunden, für immer.

»Candy. Das Thaimädchen, die plötzlich verschwunden ist. Du weißt nicht zufällig, was da los ist?«

Ich schüttele den Kopf.

»Ich habe versucht, sie anzurufen. Mehrmals. Aber sie ist nicht rangegangen. Sie ist gestern nicht zu ihrer Schicht erschienen, darum musste Katarina das alles ganz alleine machen. Ich habe für heute eine von den Afrikanerinnen gebeten, ihre Termine zu übernehmen.«

»Das ist gut.« Er nickt anerkennend und lächelt. »Candy schuldet jemandem Geld. Viel Geld. Und zwar solchen Typen, bei denen du keine Schulden haben willst.« Er runzelt die Stirn. »Wenn du mich dabei unterstützen könntest, sie zu finden, wäre das eine große Hilfe für mich. Auch für sie. Wenn du dich ein bisschen umhören könntest, bei den anderen Mädchen.«

»Klar.« Ich nicke eifrig.

»Ich würde das selbst tun, wenn ich das könnte. Aber nichts bringt die Leute schneller zum Schweigen als ein Bulle, was?«

Køster lacht. Ich auch.

»Nee, stimmt.«

»Prima, dann haben wir einen Deal.« Er sieht mir in die Augen, lehnt sich weit über den Tisch und streichelt mir die Wange. Ich bewege mich keinen Millimeter, aber aus irgendeinem Grund muss ich kichern.

»Elvira, mir kannst du nichts vormachen.« Er zwinkert mir zu und steht auf. »Du bist immer die Klügste von uns dreien gewesen.«

Sein Geruch bleibt noch lange in der Luft hängen, nachdem er gegangen ist. Der Gedanke an ihn löst in mir aber Unruhe aus.

Køster ist wie ein Bruder für mich. Das ist er. Obwohl er heute ein anderer ist als damals und gleichzeitig auch nicht. Er bewegt sich zwischen zwei Welten hin und her, die eine Welt befindet sich in dem großen Einfamilienhaus in Birkerød mit Frau Nummer zwei und den vier, vielleicht auch fünf Kindern, aus den beiden Ehen, ich weiß es nicht so genau, er redet nur selten darüber. Das ist die Welt, in der er die Karriereleiter nach oben klettert, und dann gibt es da die andere Welt, die alte Welt, zu der Sixten und ich und der Keller gehören. Er tanzt und windet sich, wie das nur Køster kann, und er sorgt dafür, dass diese beiden Welten sich niemals begegnen, weil sich dann selbst ein Køster nicht mehr herauswinden könnte. Er ist loyal, hält immer eine schützende Hand über Sixten, hilft, wo er kann. Køster hat mir auch den Job im Keller besorgt. Damals kannte ich mich damit überhaupt nicht aus, er hat mich in diese Branche eingeführt, mir gezeigt, wie alles funktioniert.

»Genau genommen tue ich diesen Mädchen einen Gefallen. Sie können auf der Straße stehen und frieren und ihre Leistungen für kleines Geld an jeden Hinz und Kunz verkaufen und hinterher den Großteil der Einnahmen an irgendein dummes Schwein von Luden abtreten, der sie zum Dank grün und blau schlägt. Ich hingegen biete einen sicheren Ort, saubere Laken, gute sanitäre Anlagen und beste Einnahmemöglichkeiten für die Mädchen, die mit der richtigen Einstellung hier arbeiten. Natürlich bekommen sie das nicht umsonst, nichts von Wert ist gratis, aber ich bin nicht unverschämt. Weit entfernt. Ich respektiere sie. Und die wollen ja auch nicht damit aufhören. Solange es Männer gibt, die dafür bezahlen, gibt es Frauen, die sich verkaufen. So ist das schon immer gewesen, und wenn man glaubt, dass man das ändern könnte, ist man meiner Meinung nach nicht nur verdammt naiv, sondern auch dümmer, als die Polizei erlaubt.«

Ich kann mich genau an seinen Blick erinnern, als er mir das erklärte. Er war ernst, obwohl er grinste, er hat mich durchdringend angesehen, als würde er überprüfen wollen, ob ich dagegen protestieren will. Es war ein Test. Aber ich schwieg und er fuhr fort.

»Die Welt ist nicht gerecht, Elvira. Wir beide sind alt und klug genug, um das zu wissen. Irgendjemand verdient Geld mit diesen Mädchen, und dann ist es doch nur von Vorteil für sie, wenn ich das bin. Wie gesagt, unverschämte Summen verlange ich nicht, das weißt du. Und stell dir mal die Alternativen vor, die Albaner, die Afrikaner, die haben überhaupt keinen Respekt vor Frauen, einem Menschenleben, vor irgendetwas. Aber das liegt nicht daran, dass diese Frauen doof wären, die wissen genau, was sie tun sollen, dass sie nicht als Kindermädchen oder Kellnerin eingestellt wurden. Allerdings begehen sie den Fehler, dass sie vom großen Geld träumen, was meiner Meinung nach eine vollkommen unangemessene Erwartung ist, wenn man bedenkt, was sie da tun. Ich bin ja kein Idiot, ich weiß genau, dass es kein Traumberuf ist. Aber die Wahrheit ist doch leider, dass ihnen in den Arsch gefickt wird, und zwar nicht nur buchstäblich von den Freiern, sondern auch von ihren eigenen Leuten. Von den Puffmüttern, den bösen Onkeln und den polnischen Hundefängern, ach, was weiß ich, diese Typen pressen doch alles aus den Mädchen heraus. Was ich ihnen anbiete, ist, den größten Teil des Kuchens selbst zu behalten.«

»Okay.«

»Und klar, die Presse ist voll von Geschichten darüber, dass einem die Frauen leidtun müssen, dass wir ihnen helfen müssen, wieder nach Hause und auf die Füße zu kommen. Aber die Wahrheit ist doch, dass die gar nicht nach Hause wollen, weil sie schon so viel Geld und Energie darauf verwendet haben hierherzukommen, die wollen auf jeden Fall hierbleiben, wenn das geht, weil es dort, wo sie herkommen, noch viel schlimmer ist. Ich frage sie immer: Wenn du zurück nach Hause willst, dann helfe ich dir dabei, es gibt ein schönes Programm vom Staat, da bekommst du ein bisschen Geld. Oder willst du hierbleiben und unter ordentlichen Umständen dein eigenes Geld verdienen? Bisher hat keine Einzige von ihnen sich für die Rückreise entschieden. Keine Einzige. Und das liegt nicht daran, dass ich etwa die Pässe einkassiert hätte, wie das die anderen Puffbesitzer so machen. Hier ist alles freiwillig und hat seine Richtigkeit. Aber das kapieren die Leute einfach nicht. Wenn du mich fragst, ist das auch nur ein Geschäft, ganz einfach, nichts anderes, ein Geschäft, das so effektiv und diskret wie möglich laufen sollte. Darum brauche ich jemanden an meiner Seite, der kapiert, worum es hier geht. Jemanden, der versteht, wie wichtig Diskretion in dieser Branche ist. Jemanden, der nicht tratscht. Jemanden, der hundert Prozent loyal ist.«

Ich nickte und Køster nannte mir meine Aufgaben und mein Gehalt. Ich akzeptierte beides, ohne zu zögern, ich war pleite und arbeitslos, ich hatte gerade den Job beim *Feilscher* gekündigt, und die Arbeitsbedingungen waren viel besser, als ich es gewohnt war. Aber ich hätte zu allem Ja gesagt, was mir Køster angeboten hätte.

»Das nennt man eine Win-win-Situation, Elvira. Die Mädchen kommen von der Straße weg, sie verdienen gutes Geld, du verdienst auch gutes Geld, und ich verdiene gutes Geld. Alle sind froh.« Ich nickte einfach weiter. Und nachdem ich mich an den Ort und die Mädchen gewöhnt und gelernt hatte, die Blicke der Kunden zu ignorieren, war es tatsächlich kein so schlechter Job. Das ist er immer noch.

Heute ist ein ruhiger Tag. Ich gönne mir was Gutes zum Mittag, hänge das »Bin gleich zurück«-Schild an die Tür und kaufe mir in einem Laden um die Ecke Luxusschnittchen mit Krabbensalat, Mayonnaise und Dill, mit Fischfrikadellen, Zitrone und Remoulade und eine mit Schweinebraten mit knuspriger salziger Schwarte und außerdem zartes Schweinefilet und weiche Zwiebeln auf Roggenbrot, das mit einer braunen Bratensoße getränkt ist. Am späten Nachmittag kommt ein Kunde, der bei Candy einen Termin hat. Als er vor der Tür steht und darauf wartet, eingelassen zu werden, erkenne ich ihn auf dem Monitor an seiner kleinen Statur. Er ist der Einzige von ihren Stammkunden, den ich nicht erreichen konnte. *Der Lappen*. Ich nenne ihn so wegen seiner altmodischen Stofftaschentücher, weiß und gestreift, die er regelmäßig aus der Tasche zieht und sich damit schnäuzt, und weil er klein und blass ist, und er hat irgendwie was Nachgiebiges und Biegsames an sich. Er nickt mir zu, bevor er seine Regenjacke auszieht und sie sorgfältig auf einen Bügel hängt, dann setzt er sich aufs Sofa und holt eines seiner Stofftaschentücher raus. Ich stehe auf und gehe zu ihm, als er seine Brille abnimmt und anfängt, die regennassen, beschlagenen Gläser zu trocknen. Ohne Brille sieht er ganz anders aus, stelle ich fest, viel jünger, seine blasse Haut ist so straff wie die eines Kindes, fast wie Porzellan, seine Gesichtszüge sind fein, er hat lange Wimpern und sehr blaue Augen. Wie eine Jungenpuppe.

»Herzlich willkommen.«

Er lächelt verlegen und nickt, ohne mich dabei anzusehen.

»Ich habe versucht, Sie zu erreichen. Denn wir haben leider ein kleines Problem.« Jetzt sieht er mich an, ein flüchtiger Schrecken fährt über sein Gesicht, dann reißt er sich wieder zusammen.

»Candy ist heute nicht hier.« Jetzt habe ich seine ganze Aufmerksamkeit, sein Mund steht offen, aber dann findet er seine Fassung wieder, setzt seine Brille auf und erhebt sich.

»Nein, nein, Sie können sehr gerne bleiben.« Ich widerstehe dem Drang, ihn aufs Sofa zurückzubefördern. »Ich habe ein anderes süßes Mädchen für Sie, setzen Sie sich ruhig wieder hin.«

Er reibt sich die Stirn mit seinem Taschentuch, es hat etwas Manisches. »Aber ich verstehe nicht. Ich habe doch jetzt einen Termin.«

»Das tut mir auch furchtbar leid – wir haben da ein Problem mit dem Buchungssystem.«

»Dann möchte ich gleich einen neuen Termin vereinbaren.«

»Da wird Pretty aber traurig sein. Sie hat sich so darauf gefreut, Sie heute kennenzulernen.« Er hört mit dem Reiben auf und sieht mich verwundert an.

»Pretty?«

»Ja, und glauben Sie mir, es gibt einen Grund, warum sie so heißt.«

Ich schenke ihm einen Blick, den man wohlwollend als einen Blick zwischen Eingeweihten verstehen kann, und wenn er ein anderer Kunde gewesen wäre, hätte ich sogar noch gezwinkert, aber ich spüre, dass das keine gute Idee ist, darum setze ich mein Verkaufsgespräch mit leiser und ruhiger Stimme fort.

»Sie ist eine schlanke, junge afrikanische Schönheit mit herrlichen Kurven …«

»Nein, nein, es tut mir leid, das geht nicht, das geht einfach nicht.« Er schüttelt den Kopf, während er spricht. »Nur Candy. Keine andere. Ich möchte, wie gesagt, einen neuen Termin vereinbaren.« Er sieht mich dabei nicht an, und obwohl er abwehrend lächelt, gibt es keinen Zweifel, dass er meint, was er sagt.

»Den kann ich Ihnen im Moment leider nicht geben.«

Er hat seine Jacke vom Bügel genommen und ist dabei, sie sich anzuziehen, hält aber mitten in der Bewegung inne und runzelt die Augenbrauen.

»Ich weiß nicht, wo sie ist.« Ich schüttle den Kopf. »Sie ist nicht zu ihren Schichten erschienen und geht nicht ans Telefon. Sie ist weg, wie vom Erdboden verschluckt.«

Der Lappen wirkt für einen Moment ganz verloren, dann räuspert er sich und sieht mir endlich ins Gesicht.

»Wie ist das zu verstehen … weg?« Seine Stimme bricht.

»Nun ja, weg eben.« Ich zucke mit den Schultern. »Das ist in dieser Branche nicht so ungewöhnlich.«

Ich kann nichts dagegen tun, er tut mir irgendwie ein klitzekleines bisschen leid.

»Wollen Sie einen Kaffee?«

Ich bereue mein Angebot sofort wieder, aber er nickt, und ich fordere ihn auf, sich wieder hinzusetzen. Das Taschentuch kommt erneut zum Einsatz. Während ich ihm Kaffee einschenke, tupft er sich Stirn und Wangen ab, dann faltet er es ordentlich zusammen und steckt es zurück in die Jackentasche.

»Ihr ist doch nichts passiert?«

Ich reiche ihm die Schale mit den Keksen, aber er beachtet sie gar nicht. Dann krame ich meine freundlichste und pädagogischste Stimme hervor.

»Das glaube ich nicht. Vielleicht ist sie einfach weitergezogen. Oder zurück nach Hause gefahren. Diese Mädchen sind oft nicht gut im Abschiednehmen. Vielleicht hat sie auch jemanden kennengelernt.« Bei meinen letzten Worten zuckt *der Lappen* erschrocken zusammen.

»Jemanden kennengelernt?«

»Jetzt mal ehrlich, ich habe keine Ahnung, wo sie

ist. Aber es kann doch sein, dass sie einen Freund hat, so etwas passiert immer wieder.«

Der Gedanke an einen potenziellen Freund wirft *den Lappen* ganz offensichtlich vollkommen aus der Bahn, darum rede ich immer weiter.

»Sie können mir Ihre Nummer geben, dann gebe ich Ihnen sofort Bescheid, wenn sie wieder auftaucht.«

Ich bereue selbstredend auch dieses Angebot sofort wieder, als ich seinen hoffnungsvollen Blick sehe, aber er hat etwas an sich, als wäre er nicht von dieser Welt und als würde man auf ihn aufpassen müssen. Er hat schon sein Portemonnaie gezückt und holt eine Visitenkarte raus, die er mir gibt.

»Vielen Dank, ich wäre Ihnen sehr verbunden, wenn Sie mir Bescheid geben, das ist wirklich sehr freundlich von Ihnen.«

Er nippt kurz und eher symbolisch am Kaffee, dann steht er auf und macht Anstalten zu gehen, auch ich erhebe mich, und wir stehen uns gegenüber. Er ist nicht besonders groß, bestimmt um die fünf Zentimeter kleiner als ich mit meinen eins vierundsiebzig. Er ist schmächtig, er trägt konservative Klamotten, ein bis oben zugeknöpftes weißes Hemd ohne Schlips, braune Hosen mit Bügelfalte, die ihn zusammen mit den blank polierten schwarzen Schuhen und der dicken Brille älter aussehen lassen, als er ist. Er räuspert sich, und mir wird plötzlich bewusst, dass ich ihn anstarre, er muss meine Blicke bemerkt haben, obwohl er mich gar nicht ansieht. Wir geben uns die Hand, es hat etwas Feierliches, er fragt mich nach meinem Namen, den sage ich ihm, und zwar den vollständigen, obwohl jeder weiß, dass man so etwas in dieser Branche nicht tut, niemals.

Ich bleibe wie angewurzelt stehen und sehe ihm hinterher, wie er die Kellertreppe hochgeht, und ich habe ein sonderbares Gefühl, als wäre gerade etwas Bedeutungsvolles passiert, das nicht rückgängig zu machen ist, als wäre etwas in Bewegung gesetzt worden. Da klingelt das Telefon, ich stecke die Visitenkarte in die Tasche, ohne sie anzusehen, und gehe zurück an meinen Platz. Nachdem ich wieder aufgelegt habe, kommt mir der Gedanke, dass er der einzige Kunde, vielleicht sogar der einzige Mensch ist, der mich nicht unverhohlen angeglotzt hat. Das Gegenteil war der Fall. Ich habe ihn angeglotzt.

Ich habe wahrscheinlich auch geglotzt, als ich das erste Mal Candy gesehen habe. Nicht weil sie so jung aussah. Sie hatte etwas an sich, man musste sie einfach ansehen. Ihr breites, flächiges Gesicht, die fast schwarzen Augen. Selbstverständlich war ihre Haut glatt und makellos, selbstredend hatte sie strahlend weiße Zähne und war anmutig auf eine zierliche, großäugige und schmalhüftige Art und Weise, fast wie ein Junge. Aber vor allem ihr Blick ist mir aufgefallen, als sie eines Vormittags, gefolgt von Køster, die Kellertreppe herunterkam. Er stand hinter ihr, groß und stolz lächelnd, als hätte er sie erfunden, und sah mich an, als würde er Lob ernten wollen. Auch Candy sah mich lächelnd an. Køster bat mich, ihr alles zu zeigen und zu erklären. Sie lief vor mir, jeder Schritt erzeugte ein leises, schmatzendes Geräusch, wenn ihre nackten Füße mit den Flipflops schnalzten, ihr schwarzes Haar trug sie in einem Pferdeschwanz, dazu abgeschnittene Jeans und ein T-Shirt, und sie war ungeschminkt. Es war Sommer, die Luft im Keller war warm und schwer, ihr Geruch stieg in meine Nase, fremd und doch vertraut. Wie der satte Geruch von geröstetem Sesam und Reis in einer schwarzen lackierten Schale, aber da war auch etwas Säuerliches, so wie wenn man Kleidungsstücke noch feucht zusammenfaltet und in den Schrank legt.

Wir gingen in eines der Zimmer. Sie schaute es sich in Ruhe an, erkannte, wie winzig es war, sah die Flecken auf dem lachsfarbenen Laken und das Bild an der Wand, die Silhouette einer nackten Frau im Sonnenuntergang. Ich stand neben ihr, und es fühlte sich an, als würde sich die Summe des Ganzen in ihrem Blick sammeln, tiefschwarze Ohnmacht. So dunkel, dass man kaum atmen konnte.

Es war dieser Blick und das, woran er mich erinnerte. Ich entschied mich, das alles wieder zu vergessen, was mir keine besonders großen Probleme bereitete, denn in dieser Branche kommt man ohne ein hohes Maß an emotionaler Flexibilität nicht zurecht. Und Candy fügte sich hervorragend ein, sie kam pünktlich zu ihren Schichten, erschien immer mit diesem glatten, reingewaschenen Gesicht und lächelte in der Sekunde, in der man sie ansah. In ihrem hellblauen Hello-Kitty-Rucksack hatte sie immer Instantnudeln dabei, die sie in den Pausen hinten im

Aufenthaltsraum schlürfte, ansonsten war sie leise und unauffällig, mischte sich nie in die Diskussionen der anderen Mädchen. Wenn sie Anekdoten von ihren Freiern erzählten oder sich über deren Vorlieben lustig machten, saß sie immer in der einen Ecke des Sofas, die Beine untergeschlagen, sah die anderen aus ihren großen Augen an und hielt sich die Hand vor den Mund, wenn sie sich das Lachen nicht mehr verkneifen konnte. Sie übernahm viele Schichten, wurde schnell beliebt und hatte viele Stammkunden, sie erfüllte also die Erwartungen, die Køster an sie hatte und die ich ihm angesehen habe, als er sie das erste Mal zu uns in den Keller gebracht hat. Auch *der Lappen* wurde einer ihrer Stammkunden.

Einmal habe ich ihn an der Straßenecke stehen sehen. Das war letzten Winter, es hatte geschneit, und ich war auf dem Weg zu meiner Spätschicht. Von Weitem sah ich, wie Candy die Kellertreppe heraufkam, eingepackt in eine dicke Daunenjacke, Mütze und Moonboots. Sie sah sich suchend um, entdeckte ihn und ging mit vorsichtigen Schritten durch den rutschigen Matsch auf ihn zu. Ich war zu weit weg, um hören zu können, was sie sprachen, konnte nur sehen, dass sie ganz dicht beieinanderstanden und ihr dampfender Atem in die kalte Luft stieg. Sie waren beide gleich groß. Und man konnte sehen, dass sie sich gut kannten, schon an der Art und Weise, wie sie ihren Arm unter seinen schob und ihren Kopf an seine Schulter legte, bevor sie um die Ecke verschwanden. Dieses Bild konnte ich nicht wieder aus dem

Kopf bekommen, die beiden Gestalten im fallenden Schnee. Von diesem Tag an beobachtete ich die beiden, wenn *der Lappen* zu Besuch kam, ich sah, wie er geduldig vorne wartete, bis Candy ihn holte, wie er übers ganze Gesicht strahlte, als er sie sah. Wie sie diskret ihre Hand ausstreckte und er sie genauso diskret nahm und sie Hand in Hand in eines der Zimmer gingen, wie ein richtiges Ehepaar.

4.

Es ist Vormittag und es fällt Nieselregen. Ich gehe nur ein paar Schritte und spüre sofort die Feuchtigkeit auf meiner Haut, bevor ich in den Bus der Linie 5A steige. Vor mir der Frederikssundsvej und die Türme von Bellahøj, und dazwischen in der grauen Wüste liegt die neue Schwimmhalle mit flimmernden Lichtern und sieht aus wie ein gigantisches Raumschiff, das aus Versehen in der Welt meiner Kindheit gelandet ist. Einige Läden sind noch dieselben, das Modecenter für Frauenkleidung von Brandtex, das schon damals irgendwie altmodisch wirkte mit seinen saisonalen Themen im Schaufenster, rote Blätter aus Papier im Herbst und grüne im Frühling. Und auch an den Bäcker erinnere ich mich, der früher anders hieß und auch nur ein normaler Bäcker war, der damals das beste Rosenbrot weit und breit machte, schwerer, langer und flacher Hefeteig mit einer zentimeterdicken weißen oder braunen Zuckerglasur. Ich bin nur selten so weit im Westen unterwegs. Obwohl es nur ein paar Kilometer sind, fängt hier eine andere Welt an, eine Welt, die ich vor langer Zeit hinter mir gelassen habe. Ich fahre bis zur Endstation Husum Torv, steige aus und biege sofort in eine der Nebenstraßen.

So nah bin ich nicht mehr gewesen, seit Sixten und ich aus unserem Elternhaus hatten ausziehen müssen. Meine Wangen sind vom Regen feucht, mein Magen ist ein harter Klumpen aus unverdauten Lebensmitteln, ich schleppe mich an den niedrigen Gebäuden vorbei.

Das Haus entpuppt sich als ein gelber Backsteinbungalow. Patience hat mir die Adresse gestern gegeben, als ihre Schicht zu Ende war. Sie saß hinten und tippte mit abgespreizten Fingern pausenlos SMS, nur die Fingerkuppen berührten das Display, nicht die langen, weißen und gekrümmten Acrylnägel, und zwischendurch seufzte sie laut. Sie trug ihr Haar in kleinen geflochtenen Zöpfen, die sich wie Würste dicht um ihren Kopf legten und im Nacken in einem dicken Pferdeschwanz endeten. Ich hatte mich auf die Kante des Sofas neben sie gesetzt.

»Elvira, mein Herz! Wie geht es dir? Ist das Leben gut zu dir?« Sie sprach mit mir, ohne ihre Augen vom Display zu nehmen.

»Alles in Ordnung. Wie geht es dir?«

Sie seufzte erneut, bevor sie ihr Handy auf den Couchtisch vor sich legte, wo es kurz darauf anfing zu brummen.

»Liebe tut weh.«

Sie gab keine weiteren Erklärungen, darum nickte ich nur. Sie hat die etwas langweilige Angewohnheit, sich unglücklich in dänische Frauen zu verlieben, und zwar immer in solche, die kein Interesse an Frauen haben, dieser mütterliche, gutherzige Typ, der sie aus dieser Branche retten soll. Das endet natürlich meistens mit peinlichen Missverständnissen.

»Sag mal, hast du Candy gesehen?« Sie drehte sich zu mir und sah mich durchdringend an.

»Warum fragst du?«

Ich zuckte mit den Schultern, ließ meine Stimme ein bisschen heller klingen, aber eben nur ein bisschen, nicht zu viel.

»Ach, gar nichts weiter. Ich frage mich bloß, wo sie ist.«

Patience holte aus ihrer Tasche ein dunkelrotes Lederetui, zog eine lange, dünne Zigarette heraus, zündete sie an und inhalierte tief, ohne den Blick von mir zu nehmen. Frauen, die davon leben, Illusionen zu erzeugen, kann man nicht so leicht etwas vormachen.

»Glaubst du, dass ihr was passiert ist? Oder dass sie abgehauen ist?« Ich zwang mich dazu, noch mal mit den Schultern zu zucken.

»Ich finde nur, dass es komisch ist. Sie ist sonst immer so pünktlich. Vielleicht ist sie ja in die Ferien gefahren?«

Patience lächelte und zeigte dabei ihre weißen Zähne, ohne aber den Blick zu verändern.

»Oder sie hat einen Mann kennengelernt. Einen reichen Mann, der sie mitgenommen hat. So wie in dem Film mit Julia Roberts.«

»Ja, ganz bestimmt.«

Wir lachten beide. Dann wurde ihr Gesichtsausdruck wieder ernst.

»Ich habe vielleicht eine Adresse für dich.«

Sie tauchte wieder in die Tiefen ihrer Tasche, kramte einen dicken Kalender heraus und gab mir schließlich ein zerknittertes Post-it. Gerade als ich meine Hand ausstreckte, um den Zettel zu nehmen, zog sie ihre wieder zurück.

»Es kann ja auch einen guten Grund geben, warum sie verschwunden ist, das weißt du schon, oder? Es könnte doch auch sein, dass sie gar nicht gefunden werden will?«

Der Ernst veränderte ihren Gesichtsausdruck vollkommen. Schnell riss ich ihr den Zettel aus der Hand.

»Immer mit der Ruhe – ich will doch nur sehen, ob es ihr gut geht.«

»Mach, was du willst.« Patience nickte langsam, griff nach ihrem Handy und fing wieder an zu texten. »Da wohnen mehrere Mädchen.«

Jetzt klang sie gar nicht mehr so ernst.

»Das ist einer dieser Orte.«

Das Viertel ist um diese Uhrzeit menschenleer. Der gelbe Bungalow sieht aus, als würde er sich in den feuchten, ungepflegten Garten kauern. Auf dem Weg zur Treppe komme ich an einem Stapel alter Autoreifen und einem ausrangierten Kühlschrank vorbei. Neben der Tür hängt ein zerkratzter brauner Briefkasten mit ausgeblichenen alten Aufklebern vom Kinderhilfswerk. Kein Name. Und keine Klingel. Ich zögere etwas, klopfe dann an. Zuerst vorsichtig, dann immer kräftiger. Das Haus gibt keinen Laut von sich. Ich drücke die Türklinke, abgesperrt. Ich gehe die

Treppe wieder hinunter, als die Tür geöffnet wird. Ein dünnes blondes Mädchen mit müdem Blick sieht mich an.

»Was willst du?«

Sie spricht Englisch mit einem starken osteuropäischen Akzent.

»Ich bin auf der Suche nach Candy.«

Mit einer trägen Bewegung schiebt das Mädchen die Tür weit auf und lässt mich rein. Sie trägt nur T-Shirt und Unterhose und verschränkt die Arme vor ihrem Körper, während sie ins Haus hineinruft.

»Tina! Tina! Hier sucht jemand nach Candy.«

Wir stehen in einem dunklen Flur mit holzvertäfelten Wänden, davor eine große weiße Gefriertruhe. Es riecht nach kaltem Rauch und Feuchtigkeit. Ich höre Schritte, eine dunkelhaarige Frau in den Dreißigern taucht auf. Die Osteuropäerin nickt in meine Richtung, bevor sie hinter einer der Türen wieder verschwindet.

Die Dunkelhaarige ist Dänin, das weiß ich, bevor sie den Mund aufmacht. Sie schließt die graue Strickjacke vor ihrer Brust, holt aus der Tasche eine zerknüllte Zigarettenpackung, zündet sich eine an und nimmt einen tiefen Zug. Dabei starrt sie mich die ganze Zeit unverwandt an.

»Und was geht Sie das an, wo Candy ist?«

»Ich habe ein paar Sachen von ihr, die ich ihr wiedergeben will.«

Ich war schon immer gut bei Spontanlügen, ich lächele ein bisschen einfältig und setze meinen Aquariumsblick auf. Das führt dazu, dass sie weniger unfreundlich aussieht.

»Sie ist vor 'ner Weile abgehauen. Sie schuldet mir noch die Miete. Aber wenigstens hat sie ihren Scheiß mitgenommen, obwohl sie nicht viel Zeug hatte.«

Sie öffnet eine der Türen, dahinter befindet sich ein dunkles Zimmer. Ich sehe ein Stockbett aus Metall, ein Fenster mit zugezogenen Gardinen und eine zerkratzte große Kommode. Auf dem Boden liegt ein Berg von Klamotten. Und im oberen Bett liegt ein kleines Häufchen mit großen Augen, das uns anstarrt.

»Sie können gerne selbst nachsehen. Eines Tages war sie einfach weg. Wahrscheinlich wollte sie zurück nach Thailand.« Während sie mich ansieht, bläst sie den Rauch in einem schmalen Streifen in die Luft. »Das eine Bett ist jetzt frei. Also, wenn Sie jemanden kennen? Oder vielleicht wäre das was für Sie?«

Sie zeigt mit der Hand in das Zimmer.

»Nein, nicht wirklich.«

Ich spüre einen geradezu überwältigenden Drang, sie wegzustoßen, damit ich hier rauskann, bloß weg aus dieser abgestandenen Luft, ins Licht, bloß weg, bloß nach Hause.

»Hatte ich schon erwähnt, dass sie mir noch Miete schuldet? Was sind das für Sachen von ihr, die Sie von ihr haben?«

»Ach, das ist nur ein Pullover und Shampoo, das hat sie liegen lassen.«

Sie sieht mich durchdringend an und überlegt offensichtlich, ob sie mir glauben soll, während ich die Ahnungslose spiele und frage:

»Vielleicht haben Sie ja ihre Adresse in Thailand?«

Die Frage scheint sie zu amüsieren.

»Klar, vielleicht schicke ich ihr auch eine Weihnachtskarte. Geht's noch?«

»Ach so, nein, verstehe. Dann entschuldigen Sie bitte die Störung.«

Sie erwidert nichts, sieht mich nur unverwandt durch die Rauchschwaden an.

Kaum bin ich draußen, atme ich tief und gierig die frische Luft ein. Nicht weit von hier gibt es einen weiteren dunklen Ort. Den dunklen Ort meiner Vergangenheit. Der Regen hat nachgelassen, es riecht nach feuchter Erde. Die Sonne hängt am weißlichen Himmel und sieht aus wie eine einsame Glühbirne. Mit kurzen, schnellen Schritten hetze ich davon, komme außer Atem und spüre einen stechenden Schmerz in der Seite, werde aber nicht langsamer. An dem Platz gegenüber von der Bushaltestelle liegt eine Pizzeria. Es ist Viertel nach elf, die bieten bestimmt schon Mittagstisch an. Ich beschließe, erst etwas zu essen, bevor ich Køster anrufe. Mein Magen fühlt sich hart und unbefriedigt an, ich bestelle einen halben Liter Sprite und die Mittagspizza mit Schinken und setze mich in die hinterste Ecke des leeren Ladens. Der Mann hinter dem Tresen hört orientalische Musik, die aus dem Radio kommt, klagende, dunkle Gesänge, begleitet von einem klimpernden Saiteninstrument, ansonsten ist es ruhig, ich bin die einzige Kundin.

Ich habe vom Tresen das *Ekstra Bladet* mitgenommen und blättere es durch, wie immer überprüfe ich als Erstes, ob die Annonce vom Keller auch richtig platziert wurde. Die Pizza ist weich und matschig und hat den geriebenen Schinken drauf, den ich nicht so gerne mag. Aber eine schlechte Pizza ist besser als gar keine Pizza. Ich esse schnell, damit ich auch diesen Ort schnell wieder verlassen kann. Der Besuch in dem gelben Bungalow hat die Tür zu meiner unerfreulichen Vergangenheit einen Spalt geöffnet.

Ich blättere wahllos weiter und kaue dabei auf meiner Pizza herum. Dann spüre ich, dass mich jemand anstarrt. Das Häufchen Mensch aus dem Etagenbett steht vor mir.

»Bist du E-wila? Phone lady?«

Ich antworte ihr mit vollem Mund. »Woher weißt du das? Hat Candy dir von mir erzählt?«

Sie lächelt.

»Ich bin Noi.«

Sie sieht fragend auf den Stuhl neben mir und setzt sich, als ich ihr zunicke. Sie hat sehr dunkle Haut und ist besonders zierlich, ihre Handgelenke sind so schmal wie die eines Kindes, ihre Augen sind groß in dem fast dreieckigen Gesicht, sie hat eine breite Nase und einen kleinen rosa Mund. Sie spricht wie Candy, es klingt ein bisschen nasal und fast spöttisch.

»Kennst du Candy?«

Sie rümpft ihre Nase.

»Sie heißt nicht Candy. Sie heißt Pakpao. Pakpao Malawong.«

»Pak…?«

»Pakpao.«

Das Mädchen holt etwas aus ihrer Jackentasche und streckt es mir hin.

»Sehen. Baby.«

Sie zeigt mir ein Foto von einem dunkelhäutigen Baby in einem rosa Strampelanzug mit abstehenden schwarzen Haaren und wachen Augen.

»Du kennst?«

Ich schüttele den Kopf.

»Pakpaos Baby. Kleine Mädchen. Zu Hause in Thailand.«

Auf der Rückseite hat jemand mit einem Glitzerstift einen Smiley in Form eines Herzens gezeichnet.

»Kommst du auch aus Thailand?«

»Nein. Ich komme von Laos.« Sie spricht es wie »Laaa-uh« aus. »Thailänder immer sagen, dass alle aus Laos stinken. Aber nicht Pakpao. Sie ist eine gute Freundin. Sehr gut.«

Ich nicke.

»Weißt du denn, wo sie jetzt ist?«

Das Mädchen schüttelt den Kopf.

»Nein. Ich war bei Arbeit. Dann sie war weg.«

Wieder zieht sich die Nase kraus.

»Aber ich glaube, sie ist mit Liebsten.« Sie zeigt auf das Babyfoto. »Sie will holen das Baby nach Dänemark.«

Dann beugt sie sich über den Tisch zu mir und senkt die Stimme. Ihr Atem riecht nach Kaugummi und Knoblauch.

»Der Liebste, der will vielleicht auch heiraten. Wenn sie nicht mehr arbeitet. Vielleicht ein bisschen anprobieren?«

»Du meinst ausprobieren?«

»Ja. Erst ausprobieren. Dann Heirat. Dann kann sie Baby holen.« Sie lächelt. »Dann kann sie in große Haus wohnen. Draußen auf Land.«

»Weißt du, wie er aussieht oder wie er heißt?«

»Weiß nicht. Normal. Däne.«

»Ist er alt oder jung?«

»Einfach normale Däne.«

»Trägt er eine Brille?«

»Nein, keine Brille.«

Ich will ihr das Foto von dem Baby zurückgeben, aber sie hebt abwehrend die Hände in die Luft.

»Du gibst Pakpao.«

»Ja. Aber ich weiß doch gar nicht, ob ich ...«

»Nur, wenn du sie finden.«

Sie steht auf und läuft zum Ausgang, dabei schwenkt sie übertrieben ihre schmalen Hüften hin und her, so wie kleine Mädchen, wenn sie feine Damen spielen.

»Warte mal!«

Sie dreht sich um.

»Du kannst dich nicht an seinen Namen erinnern?«

Sie zögert, dann schüttelt sie den Kopf.

»Oder wo er wohnt?«

»Winde-lup. Er wohnt in Winde-lup.«

»Vinderup?«

»Ja. Jü-land. Arsche der Welt.«

Sie lächelt mich an, wie eine Eingeweihte. Bevor sie die Pizzeria verlässt, dreht sie sich ein letztes Mal um und ruft:

»Er ist Schlachter!«

Vorsichtig und nachdenklich stecke ich das Foto in meine Tasche.

5.

»Kommt schon, Mädels, lasst uns den faulen Schweiß aus dem Körper treiben.«

Wir stehen alle in einer Reihe, knallrot im Gesicht und verschwitzt, und wir hassen sie, jede Einzelne von uns, der Hass ist so massiv spürbar, dass ich mich wundere, wie sie sich überhaupt bewegen kann. Aber sie hüpft freudestrahlend – am Rande zum Manischen – zu den viel zu schnellen Rhythmen aus ihrem Gettoblaster vor uns herum und rudert mit den Armen. Ihr Blick ist fest auf das eigene Spiegelbild gerichtet, sie scheint die Bewegungen wirklich zu genießen. Sie ist eine kleine blonde Hupfdohle, die höchstens fünfzig Kilo auf die Waage bringt und die jede von uns mit Leichtigkeit zerquetschen könnte, so wie man ein Insekt mit dem Schuh zertritt und dann die Soße an der Seite rausspritzt. Wir haben den ganzen Vormittag mit furchtbaren Vertrauensübungen verbracht, die *die Blondine* auch immer wieder abbrechen musste, denn ich bin nicht die Einzige, die sich nicht gerne berühren lässt. Und wir haben Fragebögen ausgefüllt, in die wir unsere Ziele und Wünsche eintragen sollten. Der Plan sah auch vor, dass wir unser Mittagessen selbst zubereiten. Als Teil des Unterrichts. *Die Blondine* klatschte in ihre Hände, um unsere Aufmerksamkeit zu bekommen, während wir mit unseren Fragebögen beschäftigt waren.

»Ich habe heute für jede von euch was zum Essen eingekauft, aber ab morgen bringt ihr euch dann selbst was mit.«

Als sie anfing, von Ernährung zu reden, tröstete ich mich damit, dass ich in der Zwischenzeit schon zweimal auf dem Klo gewesen war, um was zu essen, ein Snickers und drei Würstchen im Schlafrock mit Ketchup. Sie war gerade dabei, zu erklären, warum sie sich für Biogemüse entschieden hat, als sie von einer großen, heiseren Frau mit sehr kurzen Haaren und einem Kätzchentattoo am Hals unterbrochen wurde.

»Wo ist hier das Raucherzimmer?«

»Das Raucherzimmer?«

»Ja, das ist nicht so gut für mich, wenn ich draußen in der nassen Kälte stehe, das wuppt mein Immunsystem überhaupt nicht. Ich habe ja Asthma und gerade mit dem Penizillin aufgehört.«

»Du bekommst Penizillin gegen das Asthma?«

»Nein, das war gegen eine kalte Lungenentzündung. Gegen Asthma kannst du ja nichts nehmen, außer dem Spray, na ja, ist halt chronisch.«

Das Lächeln *der Blondine* wurde zu einem schmalen Strich, der sich an den Mundwinkeln ein ganz klein bisschen nach oben bog.

»Hier gibt es kein Raucherzimmer.«

Ein kollektives ungläubiges Stöhnen ging durch den Raum, was sie einfach überhörte.

»Aber das könnt ihr doch nicht machen!«

»Wie bitte?«

»Ich brauche meine Zippen!«

Zu diesem Zeitpunkt hatten sich mehrere Teilnehmerinnen erhoben und bewegten sich langsam wie eine kompakte, gefahrbringende Masse auf *die Blondine* zu, die immer kleiner und kleiner wurde, bis sie von allen Seiten umringt war. Da standen wir, wie eine Mauer aus Fleisch, die Fetten, die Unappetitlichen, die Ungeliebten, die Hoffnungslosen, die Unrentablen, die Unvermittelbaren und die Unverantwortlichen, da standen wir, plötzlich in Überzahl, und wir kamen immer näher.

»Aber mit dem Rauchen aufhören ist doch Teil des Programms.«

Sie klang so, als würde sie selbst nicht daran glauben. Die Frau mit dem Kätzchentattoo war stumm geblieben, sie wartete geduldig mit einem sanften Lächeln im Gesicht. *Die Blondine* seufzte und nahm ihre Niederlage an.

»Wir können doch sagen, dass ihr im Flur vor den Toiletten rauchen könnt. Erst einmal für heute, ab morgen müssen wir eine gangbarere Lösung finden.«

Das Geräusch von Stühlerücken, Stimmen und Lachen übertönte *die Blondine*, die Teilnehmerinnen gingen raus zu den Toiletten, um Pause zu machen und eine Zippe zu rauchen. Auch ich ging raus, denn ich wollte nicht allein mit *der Blondine* sein. Sie sah aus wie jemand, der auch gerne mal in Tränen ausbrach.

Nachdem wir Pause gemacht und eine weitere

halbe Stunde vor diesem Spiegel herumgeturnt haben, ist auch mein letztes bisschen Mitgefühl mit ihr verschwunden. Die ganze Situation erinnert mich zu sehr an diese Fernsehformate, in denen irgendein semibekannter lächelnder Fitnessexperte in eng anliegenden Sportklamotten fettleibige Menschen vor sich her jagt und sie abwechselnd mit Drohungen und Aufmunterungen zu noch mehr Bewegung zwingt, immer mehr, bis sie alle stöhnend, schwitzend und langsam, aber sicher abnehmen, auf eine vertretbare Größe schrumpfen. Der große Unterschied ist nur, dass niemand von uns hier aus freien Stücken mitmacht, sogar *die Blondine* würde etwas anderes lieber machen, wenn sie die Wahl hätte. Niemand von uns hat die geringste Hoffnung, dass die Mission HOPLA gelingen wird. Nicht eine von uns macht diesen Quatsch hier zum ersten Mal mit. Wir alle wollen nur diese ungewöhnlich anstrengenden Stunden überstehen und in unser Leben zurückkehren. Zurück zu unseren Fernsehern, Zigaretten, Pizzen und Colas, unseren Liebsten und Kindern und Kätzchen, unseren Junkiebrüdern – oder womit wir uns sonst so die Zeit vertreiben. Mittlerweile haben die meisten aufgegeben und stehen mit keuchendem Atem und pochendem, vollkommen überlastetem Herzen da und sehen *der Blondine* bei ihren selbstverliebten Bewegungen zu. Der Hass leuchtet allen aus den Augen, stark und rein. Ich versuche, schwitzend auf der Stelle zu trippeln und meinen Anblick in dem großen Spiegel zu vermeiden.

»Ist nicht bald Pause?«

»Ja, jetzt mal ehrlich, wir haben doch ein Recht auf eine Pause?!«

Dieses Mal registriert *die Blondine* die Feindseligkeit schneller, denkt einen kurzen Augenblick nach und schaltet dann mit zusammengepressten Lippen die Musik aus. Als sie sich wieder zu uns umdreht, lächelt sie, man kann förmlich sehen, dass sie innerlich mit sich selbst ringt.

»Okay, Girls, sagen wir Schluss für heute. Dann applaudiert euch mal!«

Sie steht allein da vorne und klatscht, während die Erleichterung sich wie eine Welle durch den Raum ausbreitet und die Teilnehmerinnen zum Ausgang strömen, zurück bleibt die feuchte Wärme der vielen massigen Körper.

»Stopp, stopp! Wartet. Wir machen noch schnell eine Entspannungsübung. Kommt schon! Jede nimmt sich eine Matte und legt sich hin.«

Widerwillig und schimpfend wie eine Horde übellauniger Oversize-Teenager latschen wir in den Geräteraum und holen uns je eine von den säuerlich riechenden gelben Matten und schleppen sie in den Unterrichtsraum. *Die Blondine* hat mittlerweile andere Musik aufgelegt und ein Räucherstäbchen angezündet, das einen schweren, süßlichen Geruch verbreitet. Dem Duft gelingt es aber nicht, den durchdringenden Gestank von verschwitzten Füßen und alten Brotboxen zu übertünchen, der sich im Laufe der Jahre in dem Raum abgelagert hat.

Ich lege mich schwer, warm und nass geschwitzt auf die Matte, schließe gehorsam die Augen und versuche, das Räucherstäbchen zu ignorieren, im Hintergrund läuft New-Age-Musik, und ich warte auf die Stimme *der Blondine*, die uns garantiert gleich anleiten wird. Auf der Reise in unseren inneren Raum oder raus in die Natur, an einen schönen Ort, vielleicht in einen Wald oder ans Wasser, wo wir zu uns finden können, oder unser inneres Kind finden oder Tier oder Trost oder Stärke oder etwas anderes in dieser Richtung. Es ist nicht das erste Mal, dass ich so herumliege und auf eine Botschaft warte, die mir dabei helfen soll, mich besser zu verstehen und zu akzeptieren. Obwohl es natürlich auf lange Sicht das Ziel ist, dass ich grundsätzlich alles an mir und meiner Lebensweise ändere. Ich hatte mir vorgenommen, am ersten Tag von HOPLA den Ball flach zu halten, aber sehr viel länger werde ich das nicht durchhalten. Wenn ich mein Ziel erreichen will, ist es ausschlaggebend, dass *die Blondine* sehr schnell begreift, dass mit mir etwas ganz und gar nicht stimmt. Es ist ganz normal, habe ich im Internet gelesen, dass Menschen, die unter Ängsten und sozialen Phobien leiden, oft erst nach Jahren Hilfe suchen. Vielleicht sollte ich *die Blondine* um Hilfe bitten. Ich stelle mir ihr Gesicht vor, wenn sie versucht, möglichst empathisch und geduldig auszusehen, während sie abwägt, ob ich ihr neuer Case werden könnte, eine Erfolgsgeschichte, die sie jederzeit aus dem Hut zaubern kann, wenn sie ihr Konzept vorstellt. Es ist elementar, dass sie glaubt, mein Leiden selbst entdeckt und richtig diagnostiziert zu haben.

Und es zeigt sich, dass diese Diagnose besser passt, als ich zu hoffen gewagt habe. Je weniger man lügen muss, desto leichter ist die Angelegenheit zu handhaben und umso leichter wird der Teil, der tatsächlich gelogen ist. Die psychischen Symptome wie geringes Selbstwertgefühl, Scham, Angst vor sozialen Bindungen und das dicke Paket aus unzähligen gescheiterten Ausbildungs- und Jobversuchen muss ich mir zum Beispiel überhaupt nicht erst ausdenken. Schweißnasse Handflächen, Herzrasen und plötzliche Panikattacken in Situationen, in denen man von anderen bewertet wird, stellen auch keine Probleme dar. Die große Herausforderung besteht darin, das angebliche innere Leiden auf die wirkungsvollste Weise für die anderen sichtbar werden zu lassen. Aber zunächst werde ich genau das tun, was ich auch sonst in solchen Situationen mache, ich halte mich zurück, bleibe für mich und sage so wenig wie möglich. Ich habe beschlossen, dass ich meinen ersten Angstanfall vor Ablauf der ersten Woche bekommen werde, der muss perfekt sitzen, und ich freue mich richtig darauf.

Am Nachmittag schlafe ich ein paar Stunden vor, denn ich habe Nachtschicht, und als der Wecker um 19 Uhr klingelt, tut mir jeder Zentimeter meines Körpers weh. Ich schaffe es kaum, mich ins Badezimmer zu schleppen, mein Spiegelbild ist fast nicht zu ertragen. Ich muss sparen, also nehme ich den Bus, stolpere auf steifen Beinen zur Haltestelle und habe dieses Wattegefühl, das entsteht, wenn man aus einem tiefen, schweren Schlaf geweckt wird. Vielleicht ist das auch der Grund, warum ich sie sehe, als wäre ich aus einer Betäubung aufgewacht, eine schlanke blonde Frau in einem beigefarbenen Trenchcoat, die mit dem Rücken zu mir steht und auf den Bus wartet. Ohne zu wissen, warum, erhöhe ich mein Tempo, eine Sehnsucht erfasst mich, wie ich sie schon lange nicht mehr empfunden habe, sie trägt mich förmlich über den Bürgersteig. Ich will gerade meine Hand nach ihr ausstrecken, als sie sich zu mir umdreht und sich schlagartig verwandelt. Ihr Profil ist ganz fremd und ihr Gesicht ganz verkehrt und feindlich. Ihr Anblick trifft mich wie ein Schlag in den Magen. Und jetzt, von Nahem, sehe ich sie viel deutlicher und klarer, und sie sieht überhaupt nicht mehr aus wie meine Mutter, sie hat ihre Haarfarbe, mittelblond, wie Tausende von anderen Frauen auch, und trägt einen leicht zerschlissenen, aber ansonsten ganz normalen sandfarbenen Mantel mit Gürtel, aber das ist auch schon alles. Sie sieht mich an, als wäre ich eine geistesgestörte Stalkerin. Ich senke schnell den Blick und ziehe mich zurück, lasse mich dann auf die Bank fallen.

In der ersten Zeit nach ihrem Tod kam es häufig vor, dass ich sie irgendwo gesehen habe, am Rand einer Gruppe von Menschen, in Geschäften, an der S-Bahn-Haltestelle, ihr Profil, ihre Haarfarbe, eine bestimmte Bewegung, ihre Art zu gehen. Ich übte mich darin, diesen Eindrücken nicht mehr zu vertrauen, denn ich war danach jedes Mal am Boden zerstört, es erinnerte mich daran, dass ich für immer allein sein würde, eine Tatsache, die ich unter Einsatz meiner ganzen Energie zu verdrängen versuchte. Sie war vierunddreißig, als sie starb, jünger, als ich jetzt bin, und noch so jung, dass sie glaubte, unsterblich zu sein. Zumindest glaubte ich daran. Mir war nicht bewusst, wie sehr sie mich beschützt hatte, konnte mir eine Welt ohne sie nicht vorstellen. Dass die Welt überhaupt existieren konnte ohne sie. In der Zeit davor war mein Vater auch da, aber er hatte keine Bedeutung. Mama nannte Sixten und Papa zwar ihre Jungs, aber sie gab mir zu verstehen, dass wir Mädchen etwas ganz Besonderes waren, dass wir eine ganz enge Verbindung hatten. Ihre Arme waren weich und warm, wenn sie mich darin hielt. Die Art, wie sie mich angesehen hat, so möchte ich mich an sie erinnern, aber die Erinnerungen sind wie die verblichenen quadratischen kleinen Farbfotos von früher, wenige und unscharf, die Farben lösen sich im Laufe der Zeit auf. An die Zeit danach erinnere ich mich viel genauer, an den scharfen Krankenhausgeruch. Diese plötzliche Leere, als sie eingewiesen wurde. Die Gewissheit, dass sie nie wieder zurückkommen wird. Ich erinnere mich, wie die Welt sich veränderte und zu einem anderen und dunkleren Ort wurde, weil sie nicht mehr da war. Wie ich immer tiefer in ein Loch stürzte, als ich dann begriff, dass sie niemals, niemals zurückkommen und mich nie wieder jemand so ansehen würde wie sie.

Aber Sixten gibt es noch. Der Bus kommt, ich muss aufstehen, und obwohl ich mir große Sorgen mache, weil ich schon seit mehreren Tagen nichts mehr von ihm gehört habe und er auf meine Nachrichten nicht antwortet, schaffe ich es, mich seinetwegen aufzuraffen und in den Bus einzusteigen. Als wir Kinder waren, sagten die Leute immer, wie unterschiedlich wir sind, und im Unterton schwang immer mit, wie unglaublich es ist, dass wir tatsächlich Zwillinge sind. Sixten war ein richtiger Junge, ein Abenteurer, der kletterte, rannte und Fußball spielte, er konnte gut teilen und machte Papa stolz. Ich war kein richtiges Mädchen, wenn es so etwas überhaupt gibt, ich war zurückhaltend, blieb die meiste Zeit in meinem Zimmer. Aber ich war zufrieden damit, war lieber im Schatten, und manchmal spielte ich mit den anderen, ruhigen Kindern aus der Klasse. Ich war keine leuchtende Erscheinung, nicht schön, im besten Fall ganz hübsch oder zumindest nicht dezidiert hässlich – mit leberwurstfarbenen Haaren und etwas zu eng stehenden blaugrauen Augen, beides hatte ich von meinem Vater geerbt. Sixten hielt seine Hand immer schützend über mich, niemand wagte es, seine Schwester zu ärgern. Mir ging es am besten, wenn ich den Nachmittag ganz für mich allein hatte, mit einem Stapel neuer Comics aus der Bibliothek. Lucky Luke, Asterix, Spirou und Fantasio, Tim und Struppi. Zwischen den einzelnen Bänden döste ich ein bisschen und hatte danach immer den Abdruck des Cordbezuges meiner Bettcouch im Gesicht. Erst das Geräusch von Mamas Schlüssel, der sich im Schloss drehte, holte mich zurück in die Wirklichkeit.

Damals hatten wir nicht so viel miteinander zu tun, Sixten und ich. Außer seiner Rache, wenn jemand seine Schwester ärgerte, bekam ich nicht besonders viel Aufmerksamkeit von ihm. Das Gleiche galt auch für Mama, er liebte sie natürlich, aber auf so eine geistesabwesende und nicht besonders interessierte Art und Weise. Ganz anders war das bei Papa. Wenn er »mein Junge« sagte, seine Hand auf Sixtens Kopf legte und ihm durch die Haare wuschelte, dann fingen Sixtens Augen an zu strahlen. Sie fuhren zum Angeln und planten und besprachen den Trip Wochen im Voraus, und wenn der große Tag dann endlich gekommen war, standen sie im Morgengrauen auf und zogen mit Thermoskanne, Limonade für Sixten, Bier für Papa, Proviant und der ganzen Ausrüstung los. Sie kamen mit roten Wangen und leuchtenden Augen zurück, mit der frischen Luft noch in den Haaren und dem Fang natürlich, der im Waschraum präsentiert wurde, wo Mama ihr Bestes gab, um begeistert zu wirken. Papa hat kein Fußballspiel von Sixten verpasst und immer am Spielfeldrand gestanden, seit er bei den Bambinis angefangen hatte. Er nahm sich extra dafür frei, und die Gespräche darüber dauerten die Heimfahrt an und gingen meist weit über das Abendessen hinaus. Sie gingen das Spiel bis ins letzte Detail durch und besprachen die Schwächen des Torwarts, die verpassten Chancen, die Ausbaufähigkeit der Verteidigung und die Befangenheit des Schiedsrichters. Ich erinnere mich noch an den Sommer, in dem Papa Sixten Köpper vom Beckenrand beibrachte und Sixten dann schnell den Sprung vom Einmeterbrett wagte, dann vom Dreier und dann vom Fünfer, danach kam der Salto, und Papa standen Tränen der Begeisterung in den Augen, dass er so ein Prachtexemplar in die Welt gesetzt hatte. Es nützte auch nichts, eifersüchtig darauf zu sein, denn was die beiden miteinander verband, war so offenkundig und natürlich, dass ich mich an den Momenten wärmte, in denen Papa mich bemerkte, und damit tröstete ich mich, dass ich in seinem Bewusstsein vorkam, wenn auch nicht im Zentrum des Geschehens.

Mama versuchte ihr Bestes, sie legte ihm die lobenden Worte meines Lehrers hin, die der unter meine Aufsätze geschrieben hatte, oder schickte ihn mit mir am Samstagvormittag in die Bibliothek. Papa tat, wie ihm aufgetragen, immer mit demselben zwar freundlichen, aber müden Blick und nie mit diesem Leuchten in den Augen wie bei Unternehmungen mit seinem Jungen. Aber eigentlich hat mir das nie etwas ausgemacht, man beschwert sich doch auch nicht darüber, dass die Erde keine Scheibe ist oder dass es abends dunkel wird, solche Sachen akzeptiert man einfach. Wenn wir länger als Familie zusammengelebt hätten, wäre ich vielleicht immer das vernachlässigte Kind geblieben und hätte mein Leben damit verbracht, meine Enttäuschung über seine mangelnde Liebe zu verarbeiten. Vielleicht wäre ich zu einer der Frauen geworden, die ihr Leben lang die fehlende Liebe des Vaters in ungesunden Liebesbeziehungen suchen. Eine, die immer gefallen will, die fast alles tun würde, um bloß nicht verlassen zu werden, und gerade deshalb immer verlassen wird.

Als ich aus dem Bus steige, spiegeln sich auf dem Weg zum Keller die bunten Lichter wie Ölhäute in den Pfützen. Ich gehe, so schnell ich kann, was nicht besonders eindrucksvoll ist wegen des Muskelkaters in meinem HOPLA-geschädigten Körper. Ich bemerke ihn erst, als ich nur wenige Meter vom Eingang entfernt bin, und erschrecke. Die Straße ist nur spärlich beleuchtet, und seine kleine, dunkel gekleidete Gestalt ist schwer von der Umgebung zu unterscheiden. Als er mich sieht, erschrickt auch er, dann aber erkennt er mich, lächelt verlegen, und sein Gesicht strahlt für einen kurzen Augenblick.

»Fuck, mir ist fast das Herz stehen geblieben!« Ich versuche erst gar nicht, weniger verärgert zu klingen, als ich bin. Ich tippe den Türcode ein und warte auf das leise Klicken, bevor ich die Tür öffne und mich dann ermahne, dass er schließlich ein Kunde ist, also halte ich sie für ihn auf, zwinge mich zu einem Lächeln und bitte ihn hinein. Aber *der Lappen* bleibt regungslos stehen.

»Nein, danke.«

»Nein, danke? Sie wollten gar nicht rein?«

Er schüttelt den Kopf.

»Na, dann …«

Ich will ihm die Tür vor der Nase zumachen, als er mich am Arm packt. Ich sehe auf seine Hand, sie ist klein und blass, weich und gepflegt, und will ihm am liebsten eine reinhauen, tue es aber nicht, mein Blick genügt, er zieht die Hand schnell wieder weg, so als hätte er sich verbrannt.

»Verzeihen Sie. Ich möchte gerne mit Ihnen reden. Es dauert auch nicht lange. Wenn Sie kurz Zeit hätten?«

»Geht es um Candy?«

Er nickt, ohne mich dabei anzusehen, ich muss mich stark beherrschen, um einen Seufzer zu unterdrücken, und sage stattdessen, dass er doch bitte mit reinkommen möge, und dann schiebe ich ihn vor mir her in die Küche. Anne Grethe, die ich ablösen werde, sieht mich über ihre orangene Halbbrille hinweg fragend an. Statt eine Antwort zu geben, verdrehe ich die Augen und schüttle den Kopf. *Der Lappen* macht sich in einer Ecke der Küche ganz klein und sieht mich schweigend an. Währenddessen packe ich die Einkäufe aus, die ich auf dem Weg zur Arbeit besorgt habe.

»Zuallererst: Eigentlich heißt sie gar nicht Candy.«

»Ich weiß.«

»Sie heißt Papkao.«

»Malawong.«

»Und es ist tatsächlich so, wie ich vermutet hatte.«

»Ja?«

Wie er da vor mir steht, in seiner Wolljacke über dem weißen Hemd, sieht er aus wie einer, der weder in seine Klamotten noch in diese Zeit gehört. Wie ein verwachsener, altmodischer Konfirmand. Ich beschließe, die Sachen beim Namen zu nennen.

»Sie hat einen klargemacht, einen Kunden, vermute

ich, den sie dazu überredet hat, sie zu heiraten. Irgendein bekloppter Jütländer, der dämlich genug ist, sich in eine Prostituierte zu verlieben.«

So spricht man nicht mit einem Kunden, aber irgendetwas an ihm löst das in mir aus, ich kann nicht anders, es liegt an seiner Art, er wirkt aufreizend unschuldig und naiv. Ich versuche, in seinem Gesicht eine Reaktion abzulesen, aber er hat den Blick zu Boden gesenkt. Als er den Kopf hebt, hat sich etwas Entscheidendes verändert.

»Dann geht es ihr also gut? Ich verstehe nur nicht, dass sie sich nicht gemeldet hat. Sie ruft eigentlich immer zurück.«

»Sie hat ein Kind, wissen Sie das?«

»Einen Jungen?«

»Zu Hause in Thailand. Eine Tochter.«

Er hat eines seiner Stofftaschentücher herausgeholt und tupft sich damit übers Gesicht, dann nimmt er seine Brille ab und putzt sie langsam und gründlich.

»Darum tut sie das doch. Wenn sie verheiratet ist, kann sie das Kind nach Dänemark holen.«

»Aha, und wer ist dieser Mann?«

»Das weiß ich nicht, er ist wohl Schlachter und wohnt irgendwo in Jütland. Vinderup.«

»Soso. Ja.«

Er faltet das Taschentuch wieder zusammen und steckt es zurück in die Tasche, dann streckt er mir seine Hand hin. Sie ist warm, sein Händedruck ist überraschend kräftig für so eine zarte Hand.

»Dann bedanke ich mich für Ihre Hilfe, Elvira Gregersen.«

Woher kennt er meinen Namen, schießt es mir durch den Kopf, und ich gehe diverse paranoide Szenarien durch, bis mir einfällt, dass ich ihm den kürzlich selbst gegeben habe. Seine blauen Augen sehen mich durch die Brillengläser direkt an. Ich lasse seine Hand los und murmele »okay«, dann sehe ich, wie er sich umdreht, um zu gehen. Ich müsste jetzt eigentlich frischen Kaffee aufsetzen, kann aber einfach nicht meine Klappe halten.

»Sie schuldet jemandem Geld. Viel Geld.«

Er bleibt stehen, natürlich.

»Wollen Sie einen Kaffee?«

Das wird langsam zu einer schlechten Angewohnheit, wir sind hier schließlich keine Wärmestube, aber vielleicht kann ich ihn ja überzeugen, es mit einem der anderen Mädchen zu probieren, zumindest rede ich mir das ein. Er zögert kurz, bevor er mein Angebot annimmt, dabei weiß ich gar nicht, was ich mit ihm anstellen soll, ich kann mich doch nicht vorne auf dem Sofa mit ihm unterhalten, während andere Kunden kommen und im Hintergrund der Porno läuft, obwohl mir das gar nichts ausmacht, aber trotzdem. Und mit nach hinten zu den Mädchen kann ich ihn auch nicht nehmen, das ist total tabu für Kunden. Dasselbe gilt genau genommen auch für die Küche, aber ich hole dennoch zwei Stühle, setze Kaffee auf und gehe dann nach vorne zu Anne Grethe, die gerade ihre Sachen zusammenpackt, Zeitschriften und

Strickzeug. Sie will natürlich sofort wissen, was ich da hinten mit *dem Lappen* mache, und ich antworte ihr mit gedämpfter Stimme, dass es eine Geldangelegenheit ist, und tue dann so, als hätte es mit Candy zu tun und als müsste ich mich ganz diskret darum kümmern, und das kauft sie mir ab, immerhin bin ich so eine Art kaufmännische Geschäftsführerin in dem Laden. Ich frage, wie ihre Schicht gewesen, ob was Auffälliges passiert ist, sie schüttelt den Kopf. Sie hat schließlich auch Erfahrung in dem Business aus der Zeit, als sie noch jünger und verkäuflicher war, darum gibt es in ihren Schichten auch nie Ärger, vor allem seit sie die Homepage und so pflegt. Ich sehe mir die Reservierungen für den Abend an, im Moment ist nur ein einziger Kunde da, dann setze ich mir das Headset auf, das noch ganz warm ist von Anne Grethes Ohren. Ich mache meine Runde durch den Keller, nehme eine benutzte Kaffeetasse mit, schüttle ein Kissen aus, plaudere ein bisschen mit Katarina, die erkältet ist, was vor allem für Blowjobs sehr ungünstig ist, aber sie hat Routine und hält sich mit einer Mischung aus Paracetamol, Nasenspray und Kleenex fit.

Ich erledige das alles, ohne mir anmerken zu lassen, dass ich die ganze Zeit an *den Lappen* denke, der in der Küche sitzt. Schließlich kehre ich zu ihm zurück und gieße uns Kaffee ein, dieses Mal trinkt er seinen mit Milch und Zucker und rührt ihn mit einem klimpernden Teelöffel ausgiebig um.

»Sie mögen sie besonders gerne?«

Die Frage ist formuliert, bevor ich darüber nachdenke, er sieht mich an und lächelt, traurig und zaghaft, kann aber nicht antworten, weil das Telefon klingelt und ich meine Sonnenscheinstimme anschalten muss und schnell zum Monitor nach vorne renne, um einen Termin zu vereinbaren. Es ist *Sülze*, ein weiterer Stammkunde, der gerne plaudert, ich muss mich wahnsinnig anstrengen, damit ich nicht zu ungeduldig klinge, bis wir endlich den Termin, das Mädchen und die Dienstleistung vereinbart haben. Ich trage alles ein, sage, wie sehr wir uns auf seinen Besuch freuen, und er reagiert richtig dankbar, der Depp, als wären wir alle eine Familie, ich, er und die vielen feuchten Muschis, die nur auf ihn warten. Ich spüre einen Hauch von schlechtem Gewissen, ich sehe sein dünnes, spärliches Haar und das rosa Gesicht vor mir, immer freundlich und niemals unangenehm, abgesehen von seinem Drang, über alles reden zu müssen, vor allem über Nichtigkeiten, und von der Tatsache, dass er immer Geschichten erzählt, deren Ende man nie absehen kann, weil sie keine Pointe haben. *Der Lappen* sieht mich über den Rand seiner Kaffeetasse an, und als ich mich hinsetze, gibt mein Magen einen knurrenden Laut von sich.

»Jetzt essen Sie doch bitte, solange es noch warm ist, mich stört es nicht.«

Er meint die Tüte mit dem Pizzastück, ich zögere, greife dann aber doch danach und beiße rein. *Der Lappen* hat den Kopf abgewandt, als würde er wissen, dass ich es nicht leiden kann, vor anderen zu essen.

Als fast alles aufgegessen ist und das Schweigen anfängt, komisch zu werden, kaue ich schneller, um irgendetwas zu sagen, ganz gleich, was. Doch da fängt er plötzlich an zu reden, leise und ohne mich dabei anzusehen.

»Ich weiß, dass sie meine Gefühle nicht erwidert.«

Ich lehne mich vor, um besser hören zu können.

»Ich würde auch nicht sagen, dass ich verliebt bin, das nicht, aber ich hoffe doch sehr, dass sie mich nicht abstoßend findet, aber vielleicht ist das auch nur eine Illusion.« Er lächelt. »Dass sie mir ihre Tochter verheimlicht hat, trifft mich sehr, das muss ich zugeben. Da ist im Laufe der Zeit eine Art Vertrauen zwischen uns entstanden, und wir haben uns auch privat gesehen«, seine Gesichtsmuskeln zucken, als würde er gleich wieder lächeln, »aber nachdem Sie mir das mit der Tochter erzählt haben, muss ich mir doch eingestehen, dass das Vertrauen eine Einbahnstraße war.«

Mir bleiben seine langen, gebogenen Wimpern und die helle Haut nicht verborgen. Sie erinnern mich an meine Mutter, wenn sie backte, der warme, glatte Teig, der aufgegangen war, dieser Moment, bevor man die Luft herausschlägt und anfängt zu kneten.

»Sie hat mir ihre Nummer von sich aus gegeben.«

Sein Gesichtsausdruck hat sich verändert, wie einer, der eine hoffnungslose Sache verteidigt.

»Ich habe sie zu keinem Zeitpunkt unter Druck gesetzt, im Gegenteil, sie klang immer fröhlich, wenn sie mich anrief. Zumindest habe ich das geglaubt.«

Er runzelt die Stirn und streicht sich eine schwarze Haarsträhne aus dem Gesicht. Schwarze Locken und helle Haut, Ebenholz. Wo kommt denn jetzt dieses Wort plötzlich her? Da wird mir bewusst, dass ich ihn anstarre, ich senke den Blick, wie ein Hund kriecht er in die Ecke des Linoleumbodens, und als ich wieder hochsehe, ist *der Lappen* aufgestanden und hat seine schon längst geleerte Kaffeetasse wieder auf den Tisch gestellt.

»Sie waren sehr freundlich zu mir.«

Ich nicke und beobachte, wie er gewissenhaft seine Jacke zuknöpft, ich erwidere seinen Händedruck, der so fest ist wie vorhin, unsere Blicke treffen sich für einen kurzen Moment, aber da lässt er meine Hand wieder los.

»Ich kann Ihnen meine Nummer geben. Falls Sie von ihr hören«, sage ich. Er nickt, sieht mich aber fragend an. »Wir suchen ja auch nach ihr, der Besitzer will sie unbedingt sprechen.« Plötzlich bekommt sein Blick eine ungewohnte Schärfe, ich habe schon viel zu viel gesagt, trotzdem plappere ich ungehemmt weiter. »Nur um ihr zu helfen, sie hat ja noch diese Schulden.«

Zum Glück werden wir von der Türklingel unterbrochen. Ich reiße eine Seite aus einem kleinen Spiralblock und kritzle meine Nummer drauf, drücke ihm den Zettel in die Hand, ehe ich wieder nach vorne gehe und sehe, dass drei Männer vor dem Kellereingang warten. Ich erkenne den vordersten, der in die Kamera lächelt, *der Biber*, ein großer Norweger mit Überbiss und einem seltsamen hohen Lachen. Ich lasse sie herein, und mit einem Schlag füllt sich der Raum mit Rollkoffern, Jacken, einer Aftershave-wolke. Ich bitte sie, auf dem Sofa Platz zu nehmen, biete ihnen Kaffee an, sie sind sehr aufgedreht. *Der Biber* legt einen Arm um mich, sagt etwas Freches, was die anderen beiden zum Lachen bringt. Ich lächle, und als ich mich aus seiner Umarmung gewunden habe, ist *der Lappen* weg. Nur die leere Kaffeetasse steht noch auf dem Küchentisch.

6.

Es traf mich wie der Blitz aus heiterem Himmel. Ich hatte mir immer vorgestellt, dass es mehr sein würde, und röter, nicht so ein kleiner bräunlicher Fleck, den ich an dem Nachmittag in meiner Unterhose entdeckte. Und trotzdem hatte ich keinen Zweifel, dass es das war. Damals war ich ein großes, schlaksiges Mädchen mit spitzen, kleinen Brüsten, die so empfindlich waren, dass ich nicht mehr auf dem Bauch schlafen konnte, außerdem hatte ich im Sommer plötzlich krause dunkle Haare am Körper bekommen, erst zwischen meinen Beinen und dann unter meinen Armen. Ich kann mich noch erinnern, dass ich ganz rot geworden bin, obwohl ich ganz allein zu Hause war, meine Hände haben gezittert, als ich den Schrank unter dem Waschbecken aufgemacht habe, um die Packung Binden rauszuholen. Die Binde, die ich auf den braunen Fleck in meiner Unterhose klebte, war groß und steif. Danach beugte ich mich vor und drückte vor dem Spiegel einen der kleinen Pickel aus, mit denen meine Stirn übersät war, ein weiteres Zeichen dafür, dass ich auf dem besten Weg war, eine – wie meine Mutter das nannte – junge Frau zu werden. Lange betrachtete ich mein Spiegelbild, suchte nach

Anhaltspunkten für diese große Veränderung, aber ich sah aus wie immer, nicht der geringste Unterschied zu gestern.

Als ich später endlich Mamas Schlüssel im Schloss hörte, war die Nervosität, die ich im Badezimmer empfunden hatte, sofort wieder da, und sie spürte gleich, dass irgendetwas passiert war. Wahrscheinlich dachte sie, dass ich traurig war, denn sie setzte sich zu mir aufs Bett und strich mir über den Kopf, während sie darauf wartete, dass ich etwas sagte. Ich war tatsächlich traurig, oder zumindest bedrückt, aber auch stolz und aufgeregt, vielleicht sogar ein bisschen glücklich, weil ich wusste, dass diese erste Blutung der Beginn von etwas war, was sich nicht mehr rückgängig machen ließ, und gleichzeitig auch das Ende von etwas anderem. Ich erzählte es ihr, ohne sie dabei anzusehen, sagte, dass ich meine Regel bekommen und eine von ihren Binden genommen habe. Sie hatte ihre Jacke über meinen Schreibtischstuhl gelegt, nach der griff sie jetzt, zog sie wieder an und sah auf die Uhr.

»Komm, das schaffen wir noch«, sagte sie und zog mich hoch. Wir fuhren mit dem Rad zur Drogerie, die gerade angefangen hatten, die Körbe mit den Sonderangeboten von draußen in den Laden zu räumen. Mama führte mich in die hinterste Ecke des Ladens und forderte mich auf, mir selbst eine Packung Binden auszusuchen. Ich nahm, ohne nachzudenken, eine Packung *Reform*, weil die alle Mädchen aus meiner Klasse benutzten, die ES auch hatten und dann nicht am Sportunterricht teilnehmen mussten. Ich hatte schon bei dem Gedanken ein Kribbeln im Bauch, dass ich jetzt eine von ihnen war und dem Lehrer vor der Stunde meinen Schulplaner mit diesem etwas feierlichen und geheimnisvollen Gesichtsausdruck geben würde und dann nicht nackt in der Schlange vor den fünf Duschen stehen musste. Mama stupste mich mit dem Ellenbogen in die Seite, dann zeigte sie auf die Reihe mit den Deos und lächelte mich auffordernd an. »So eins brauchst du jetzt auch«, sagte sie und schob mich vor das Regal, aus dem ich blitzschnell ein hellblaues *Date* nahm, auch eine Marke, die ich aus den Sportbeuteln der anderen Mädchen kannte.

Ich stellte mich nicht mit an die Kasse, als Mama bezahlte, und sah die ganze Zeit woandershin, dann machten wir uns auf den Weg nach Hause, wo Papa und Sixten bestimmt schon auf das Essen warteten. Mama sagte ihnen in einer Tonlage, die keine Nachfragen zuließ, dass sich das Abendessen heute etwas verspäten würde. Ich schlich in mein Zimmer, in der Hand die Tüte, deren Inhalt die Beweise enthielt, dass ich jetzt eine Frau geworden war, ein so absurder und beängstigender Gedanke, dass ich mir nicht erlaubte, ihm länger nachzuhängen. Darum legte ich die Tüte in den Bettkasten und setzte mich dann auf mein Bett. Mir schoss alles Mögliche durch den Kopf, aber ich versuchte, mich auf meinen Comic zu konzentrieren, bis Mama uns zum Essen rief. Als es so weit war, setzte ich mich auf den Platz gegenüber von Sixten, der schon dabei war, das Blumenkohlgratin und das rosa Kassler wortlos in sich reinzustopfen, wie immer ungeduldig, sich danach ins Nachtleben zu stürzen. Dem Gespräch meiner Eltern hörte ich nur mit halbem Ohr zu, während ich das Essen auf dem Teller hin und her schob, da war kein Platz in meinem Magen. Aber Mama musste Papa irgendetwas erzählt haben, denn als ich aufstand, um meinen Teller in die Küche zu tragen, hat er mich angesehen, sein Blick klebte förmlich an meinen Brüsten, als würde er mich zum ersten Mal ansehen. Sein Blick machte mich stolz.

Ich bin spät dran und laufe, so schnell ich kann, was bei mir nichts heißt, und renne keuchend durch den niemals endenden Regen zur Bushaltestelle. Als ich in den Bus steige, stelle ich fest, dass ich gar nichts zu essen dabeihabe. Meine Beine tun weh, ich habe nach der Nachtschicht viel zu wenig geschlafen und verfluche dieses HOPLA. Und ich habe weder Sixten erreichen können noch Køster zurückgerufen. Ich setze mich ganz hinten in den Bus und ignoriere die Blicke der beiden pubertierenden Jungs, die sich mit kieksenden Stimmen über mich lustig machen, ich höre Worte wie »fette Kuh« und »Fettberg«. Als wir meine Haltestelle erreichen, gehe ich mit gesenktem Blick an ihnen vorbei und trete dem einen mit voller Kraft auf seinen nassen Turnschuh, und bevor ich weitergehe, drücke ich 148 Kilo reinster Bosheit auf seinen Fuß. Dieser verpickelte kleine Pisser. Er schreit im Falsett, ich setze meinen Aquariumsblick auf, murmele »hups, Entschuldigung« und sehe noch den bekloppten, verstörten Blick in seiner Fresse, ehe ich aus dem Bus steige. Auf meinem Gesicht spielt ein klitzekleines böses Lächeln. Das erstirbt aber sofort wieder bei dem Gedanken an den Tag, der mir bevorsteht, und ich kaufe meine Tagesration in dem kleinen Supermarkt, der gegenüber der ehemaligen Schule liegt, in der HOPLA stattfindet. Abgesehen von der großen Flasche Pepsi stammt der gesamte Vorrat aus deutscher Produktion: drei Tafeln Ritter-Sport-Schokolade (Marzipan, Voll-Nuss und Alpenmilch), zwei Dosen Chipsletten mit Paprikageschmack. Und Kleinkram.

Der Blondine entgeht natürlich nicht, dass ich zu spät bin, obwohl ich die Tür so vorsichtig wie möglich öffne. Sie kneift die Augen zusammen und macht sich eine Notiz, während sie ihre Powerpoint-Präsentation fortsetzt. Worte wie *Das ist DEIN Leben* stehen in Rosa und kursiv auf der Leinwand und schreien zum Himmel, denn keine von uns wäre hier, wenn wir wirklich über unser Leben bestimmen könnten. Wenn man Eigentum der Behörden ist, gibt es nicht mehr viel, über das man bestimmen kann, wo man sein will und warum oder neben wem man schlafen will. Wenn ich mich umsehe, bin ich mir ganz sicher, dass hier alle seit Geburt Eigentum der Behörden sind, so wie schon vor ihnen ihre Eltern. Ich setze mich in die letzte Reihe neben *das Kätzchentattoo*, sie nickt mir kurz zu, bevor ihr Blick wieder auf die Zeitschrift fällt, die auf ihrem Schoß liegt. In der Pause kommt *die Blondine* auf mich zu, bevor ich mich mit den anderen aus dem Raum schleichen kann.

»Ich lasse dir das dieses eine Mal durchgehen …« Ihre Augen wandern über das Namensschild, auf dem ein Smiley klebt und »Hello, my name is …« steht und das wir uns alle auf den Pulli pappen müssen. Sie spricht jede Silbe überdeutlich aus: »EL-VI-RA.« Als würde sie mit einem grenzdebilen Kind sprechen. »Aber das nächste Mal, wenn du zu spät kommst, zählt das als Fehltag.«

Ich nicke aquariumsapathisch, weil ich dieses kalte Glitzern in ihren Augen gesehen habe. Fehltag bedeutet, dass sie mir was von der Stütze abziehen, darum entschuldige ich mich und versuche so zu klingen, als würde ich es ernst meinen. Das scheint mir zu gelingen, denn als sie sich abwendet, ist ihr Lächeln gönnerhaft, ich hetze auf die Toilette, wo ich eine halbe Dose Chips und zwei Reihen Marzipanschokolade esse, die ich mit Pepsi runterspüle.

Das einzig Positive an diesem Tag ist, dass er mit dem HOPLA-Kurs vorbei ist und ich nicht noch in den Keller muss, sondern nach Hause kann. Ich sehne mich nach meinem Sofa und der gehäkelten Decke, beschließe aber, mir von Omar mein Abendessen machen zu lassen. Ich lehne meine Wange an die kühle Fensterscheibe und betrachte die nasse, graue Stadt, die vorbeizieht, während ich mir den Geruch von frischer Pizza vorstelle, da spüre ich das Vibrieren meines Handys in der Tasche. Mein erster Gedanke ist immer »Sixten«, also beeile ich mich, das Handy rauszuholen, bin aber zu spät. Die Nummer auf dem Display kenne ich nicht. Als ich das letzte Mal versucht habe, Sixten anzurufen, hat mir eine anonyme Frauenstimme verkündet, dass die Nummer leider nicht vergeben ist, vielleicht hat er sich ein neues Handy mit Prepaidkarte besorgt, darum rufe ich zurück.

»Hier ist Henry.«

Ich sage nichts, brauche einen Moment, bis ich weiß, wer dran ist. Was will der von mir? Als ich endlich antworte, ist meine Stimme ganz belegt.

»Sie haben mich angerufen?«

»Elvira?«

»Ja, das bin ich.« Meine Stimme hat sich wieder normalisiert, er will wahrscheinlich über Candy reden, darum wird er mich angerufen haben. *Der Lappen* redet und redet, allerdings nicht über Candy, und obwohl ich ihm zuhöre und auch jedes einzelne Wort verstehe, erreicht mich ihre Bedeutung nicht.

»Hallo, sind Sie noch dran?«

Ja, ich bin noch dran, er wartet auf eine Antwort von mir, und ganz langsam begreife ich, was er von mir will. Darum antworte ich nach langem Zögern, dass ich das sehr gerne würde, wann ich denn kommen soll, wie die Adresse lautet, als würde ich so eine Einladung täglich bekommen, als wäre es das Normalste auf der Welt. Wir verabschieden uns, und ich bleibe sitzen und starre auf mein Handy. Auch als ich zu Hause unter der Dusche stehe, habe ich es noch nicht ganz verinnerlicht, tatsächlich überprüfe ich in der Anrufliste, dass das Telefonat auch wirklich stattgefunden hat. Ich sage mir, dass er in Wirklichkeit nicht mich sehen will, dass er nur jemanden braucht, eine Verschworene, dass er mir von seiner unglücklichen Liebe erzählen will und wir uns gemeinsam auf die Suche nach Candy machen sollen. Dass er mich dafür braucht. Ich starre mein Spiegelbild an, auf meinem Gesicht liegt ein dämliches Lächeln, aber das trockne ich ab. Er ist eine Candy gewohnt, fünfundvierzig Kilo weiche, hellbraune Bereitschaft, seidenweiche, lange schwarze Locken, zwei Handvoll feste Brüste und einen knackigen Po. Bilde dir bloß nichts ein. Diese Tür ist seit Langem zu, verschlossen und verriegelt und wird auch nie wieder geöffnet werden. Vielleicht sollte ich doch lieber zu Hause bleiben, das wäre eindeutig das Klügste, je länger ich darüber nachdenke, desto sicherer bin ich mir. Ich sollte das tun, was ich immer mache: zu Hause bleiben und mich um meine Angelegenheiten und die Meinen kümmern, die Welt ist noch nie gut zu uns gewesen, wir haben nur uns, Sixten, Køster und ich. Ich wähle die Nummer vom Amore und bestelle eine Calzone.

7.

»Halten Sie ruhig hier an.«

Das Taxi hält am Anfang der Straße. Wenn ich das letzte Stück zu Fuß gehe, kann ich es mir noch jederzeit anders überlegen und diese total bescheuerte Entscheidung rückgängig machen, eine Einladung anzunehmen, die unter Garantie ein furchtbares Ende nehmen wird. Es hat endlich aufgehört zu regnen, als ich aussteige, die ruhige Straße ist von dunklen Häusern gesäumt, aus deren Gärten es intensiv nach Erde und Laub riecht. Ich hole den Zettel mit der Adresse aus der Tasche, obwohl ich sie auswendig kenne, gehe irre langsam und stehe trotzdem wahnsinnig schnell vor einem riesigen Klotz von einer alten Villa, die also sein Zuhause ist. Vielleicht hatte ich mir gedacht, dass ein so kleiner Mann auch in einem kleinen Haus wohnen muss, auf jeden Fall nicht in so einem Koloss, der am Ende eines nur schwach beleuchteten Kieswegs steht. Das Haus ist verfallen, was ich erst sehe, als ich näher komme, aber es besteht kein Zweifel, dass es mal richtig, richtig viel Geld gekostet hat. In Wirklichkeit weiß ich gar nichts über *den Lappen*. Ich habe natürlich seine Visitenkarte rausgekramt, auf der stand, dass sein voller Name Henry F. Winckler ist, dass er einen Magister in irgendwas hat und einen Antiquitätenhandel irgendwo in Fredriksberg besitzt. Aber ich habe keine Ahnung, was der Titel bedeutet, wofür das F. steht, ob er ein Serienmörder oder ein Pädophiler ist. Finn? Frank? Felix? Fabian? Ich stehe auf der Treppe, die zur Eingangstür führt, eine schwere alte Holztür mit einem schwarzen Messingschild, das dringend mal geputzt werden müsste. In schweren, bedeutungsschwangeren Buchstaben steht Winckler darauf. Fritz? Ferdinand? Frederick? Flemming? Ich lege meinen Zeigefinger auf den Klingelknopf und drücke. Aus dem großen dunklen Haus ertönt das Glockenspiel einer gotischen Kathedrale, und ich trete einen Schritt zurück. Es dauert so lange, dass ich gerade entschieden habe zu gehen, als die Tür geöffnet wird und *der Lappen* mich aus seinen großen viereckigen Brillengläsern ansieht.

In der Tür des riesigen Hauses wirkt er noch kleiner. Er trägt ein verknittertes weißes Hemd und eine bordeauxfarbene Fliege aus Samt, und auf seinen blassen Wangen prangen zwei rote Flecken.

»Herzlich willkommen, Elvira.«

Er lächelt, bittet mich herein, sieht dabei weg. Vorsichtig betrete ich die Eingangshalle, die aussieht wie aus einem Film, mit einem Marmorboden in Schachbrettmuster, einem Kronleuchter und einem dicken roten Läufer auf den Treppenstufen, die in den ersten Stock führen.

»Darf ich?« Da spüre ich seine ausgestreckte Hand, die nach mir greift, und schaffe es gerade noch zu denken, wäre ich doch nur nicht gekommen, meine Hand ist zur Faust geballt, und ich hebe den Arm, aber irgendetwas hält mich davon ab, ihn zu schlagen, darum springe ich nur zur Seite und schreie:

»Hey! Was machen Sie da?«

Er steht mit erhobenen leeren Händen vor mir, und erst da begreife ich, dass er mir aus der Jacke helfen wollte, seinem Gesichtsausdruck nach zu urteilen habe ich ihn allerdings wirklich geschlagen. Ich sage nichts, wende mich wieder ab und strecke meine Arme nach hinten, damit er mir die Jacke ausziehen kann. Mehrere schweigende Sekunden lang. Danke. Ich sehe ihn dabei nicht an und warte, während er meine Jacke mit großer Sorgfalt erst auf einen Bügel und dann in den Garderobenschrank hängt. Fuck, denke ich, fuck, fuck, fuck, was mache ich hier, wie bescheuert kann man sein, Elvira, du fette, dämliche Kuh, fuck. *Der Lappen* lächelt, ohne mich dabei anzusehen.

»Hier entlang.«

Ich folge ihm durch ein paar dunkle Räume, die alle aussehen, als wären sie schon seit Jahren unbewohnt. Es ist kalt und riecht nach Staub und Einsamkeit, alles steht voller Möbel, Kisten, Bücher und anderer Gegenstände. Serienmördermäßig. Dann öffnet er eine weitere Tür in ein weiteres Zimmer und dreht sich zu mir um.

»Ich dachte, wir könnten doch in der Bibliothek sitzen«, sagt er, und ich nicke, was sollte ich auch sonst tun, was erwidert man auf so einen Satz, also gehe ich an ihm vorbei in den Raum, während er mir die Tür aufhält. In der Bibliothek ist es etwas aufgeräumter, obwohl auch hier ein wildes Durcheinander herrscht aus Möbeln, kleinen Tischchen mit Nippes, gerahmten Kästen mit aufgespießten Schmetterlingen und Käfern, Zigarettenetuis mit Monogramm und Lederhandschuhen mit Lochmuster. Auf dem Boden türmen sich Umzugskisten und Rollen mit Luftpolsterfolie, daneben stehen blank geputzte Globusse, Jagdtrophäen, ein Stapel Tropenhelme, ein riesiges Schachspiel, eine Kiste mit uralten braunen Glasflaschen und ein Schildkrötenpanzer. In einem Regal hinter einer Reihe von chinesischen Vasen versteckt sich ein erstarrter Fuchs mit angehobenem Vorderbein und glänzenden Augen. Ich sehe gerahmte Kupferstiche, Gemälde, Spiegel, leere Rahmen und in Leder gebundene Bücher in Glasvitrinen vom Boden bis zur Decke, davor eine kleine Leiter, die man hin und her schieben kann. Es fühlt sich an, als würden mich die Sachen mustern, die Fremde abschätzen, die in ihr Territorium eingedrungen ist. *Der Lappen* steht neben mir, tupft sich die Stirn mit einem Taschentuch ab.

»Willst du dich nicht setzen?«

Auf einmal duzt er mich, und das gefällt mir. Er streckt lächelnd den Arm aus und zeigt auf einen der beiden moosgrünen Sessel, dann verschwindet er im hinteren Teil des Hauses. Vorsichtig nehme ich Platz und lasse meinen Blick durch den Raum schweifen. Ich hätte etwas mitbringen müssen, irgendetwas,

Blumen oder Schokolade, was weiß ich, obwohl hier alles in der Menge untergehen würde. Und jetzt bereue ich es auch, dass ich nicht mein Kleid angezogen und meinen halbherzigen Make-up-Versuch wieder abgewaschen habe, bevor ich losging. Und alles nur, um mir einzureden, dass das alles keine Bedeutung hat. Dass ich hier bin. Eingeladen wurde. Und es wird auch nicht besser, als ich den Tisch sehe, der in einer Art Erker steht und für zwei gedeckt ist mit weißer Tischdecke, Silberbesteck, Kristallgläsern, angezündeten Kerzen und zwei samtartigen dunkelroten Rosen auf zierlichen Stängeln in einer blauen Vase. Dass er sich meinetwegen so viel Mühe gegeben hat. Wenn es keine andere Erklärung dafür gibt, und die gibt es bestimmt, denn wer weiß schon, vielleicht sieht es hier immer so aus, wenn er isst. Aber, verdammt. Ich hätte mich ein bisschen zurechtmachen sollen. Wenigstens habe ich noch die Calzone bei Omar abbestellt. Ich bin, wer ich bin, und wenn sich *der Lappen*, der einfach einer von vielen Kunden ist, mit Fliege und Deko in seinem unordentlichen, sonderbaren, aber auch piekfeinen Haus ausstaffieren will, dann darf er das gerne tun. Ich habe allerdings nicht darum gebeten.

Aber. Es ist hier. So schön. Das muss ich zugeben. Es fühlt sich an wie in einer etwas verstaubten und nicht ganz ungefährlichen Zeitfalte. Ich habe Lust, den Fuchs hinter den Ohren zu kraulen oder mit dem Finger über die zierlichen Tierfiguren auf dem kleinen Beistelltisch zu streicheln, aus Stein geschnitzt, vielleicht Jade. Ich hätte auch Lust, die Titel auf den vielen Buchrücken zu lesen. Der betörende Geruch von Essen weht ins Zimmer, und es war richtig, dass ich sitzen geblieben bin und nichts angefasst habe, denn er kommt mit zwei Gläsern zurück und reicht mir das eine. Seine Bewegung wird von einem ganz zarten Duft begleitet. Ich kenne ihn, das ist der Geruch der pfirsichfarbenen rechteckigen Seife mit dem geschwungenen Stempel in der Mitte und dem geheimnisvollen Namen »Imperial Leather«, die Mama immer gekauft hat. Ich habe große Lust, meine Nase an seinen Hals zu legen, die Wärme seiner zarten Haut zu spüren, aber natürlich tue ich das nicht, und was für ein Glück, dass er meine Gedanken nicht lesen kann.

»Zum Wohl und herzlich willkommen.«

Er räuspert sich, ich glaube, wir trinken Champagner, es prickelt kalt in meiner Kehle, und ich kippe aus lauter Gewohnheit alles auf einmal runter, nicht dass ich so oft trinke, in Wirklichkeit sogar ziemlich selten, aber ich habe noch nie nur um des Geschmackes willen getrunken. Als *der Lappen* sieht, dass ich mein Glas schon ausgetrunken habe, tut er das Gleiche und zieht sofort danach sein Taschentuch raus und tupft sich die unsichtbaren Schweißtropfen von der Stirn, dann aber springt er auf und fragt, ob wir nicht noch ein Glas trinken wollen. Es ist tatsächlich Champagner, er holt die Flasche und gießt uns ein, dieses Mal trinke ich langsamer, spüre die kleinen Perlen auf meiner Zunge, aber *der Lappen* trinkt auch sein zweites Glas in einem Zug aus, und darum tue ich es ihm gleich. Wieder schenkt er ein, und wir sehen uns beim Trinken in die Augen.

»Wohnst du hier schon lange?«, frage ich.

Er nickt und gießt ein. »Ich wohne hier schon mein ganzes Leben lang, bis auf ein paar Jahre, als ich im Internat war, aber das war nichts für mich.«

Ich kann ihn vor mir sehen, wie er als Junge in der Schuluniform ausgesehen haben muss, wie Harry Potter, aber eben ohne Zauberei.

»Das Haus habe ich vor acht Jahren geerbt, seitdem wohne ich alleine hier«, sagt er und runzelt die Stirn. »Meine Mutter hat mich ziemlich spät bekommen, kurz vor ihrem fünfzigsten Geburtstag, ich glaube, die haben nicht mehr damit gerechnet, in diesem Alter noch ein Kind zu bekommen. Sie haben natürlich ihr Bestes getan, um gute Eltern zu sein, aber in meiner Erinnerung sind sie immer alt gewesen, das hat mir nie etwas ausgemacht, das musst du mir glauben, aber Tatsache ist, dass sie beide gestorben sind, bevor ich mit der Uni fertig war, zuerst meine Mutter und ein Jahr später mein Vater. Er hatte eigentlich gar nichts, aber irgendwie hatte er nach ihrem Tod die Lebenslust verloren.«

Ich nicke und wünsche mir, mein Vater hätte es auch so gemacht. Da hebt *der Lappen* sein Glas, und wir stoßen an, zwei Elternlose, wir trinken und wechseln dabei andauernd Blicke.

»Nach seinem Tod wusste ich nichts mit mir anzufangen. Ich war bis dahin ja ziemlich behütet aufgewachsen, außerdem stellte sich heraus, dass es mit den Finanzen nicht zum Besten bestellt war. Einen Augenblick bitte, Elvira.« Er steht auf, lächelt mir zu und wiederholt den letzten Satz. »Einen Augenblick bitte, Elvira.« Ich mag den Klang seiner Stimme, wenn er meinen Namen sagt. Er kommt zurück mit einer neuen Flasche Champagner, der Korken springt mit einem lauten Plopp heraus und landet auf dem hellblauen Schirm der Lampe, die auf dem Fensterbrett steht. Wir beschließen, dass uns das ganz schön egal ist, stoßen wieder an und trinken die Gläser in einem Zug aus.

»Du hast gerade was erzählt. Von Geld und so.«

»Stimmt. Ich wusste nicht mehr weiter, als das Geld alle war, und außerdem war da eine Hypothek auf dem Haus, die ich abbezahlen musste. Ich kann meinen Eltern nichts vorwerfen, aber ich bin, wie gesagt, sehr behütet aufgewachsen und hatte keine Erfahrung, mit gar nichts. Darum habe ich mit dem Ausverkauf angefangen.« Er zeigt mit dem ausgestreckten Arm in den Raum.

»Mit dem Ausverkauf?«

»Genau das habe ich getan. Als Allererstes das heiß geliebte Porzellan meiner Mutter, Flora Danica. Oh je! Das ist besonders kostbares Porzellan, handbemalt, mit Blumen und Pflanzenmotiven aus Dänemark. Sie hatte Zeug im Wert von mehreren Hunderttausend Kronen. Und das bedeutet bei Flora Danica nicht einmal, dass es viele Stücke sind.«

Ich muss bei dem Gedanken an geblümtes Porzellan im Wert von mehreren Hunderttausenden so kichern, dass mir der Champagner aus dem Mund spritzt. Überrascht sieht er mich an, dann zieht er mit einer schnellen, geschmeidigen Bewegung sein Taschentuch heraus. Ich bewege mich keinen Millimeter, als er sich zu mir beugt und ganz vorsichtig mein Kinn trocken tupft. Es ist ausgeschlossen, dass er nicht hört, wie laut mein Herz pocht, wie ein Jeep über Kopfsteinpflaster mit hundertzwanzig Sachen. Aber er tut, als würde er es nicht hören, und schenkt uns was zu trinken ein. Ich fühle mich auf eine nicht ganz unangenehme Art und Weise unzurechnungsfähig.

»Aber damit hätte ich ja nicht bis in alle Ewigkeit weitermachen können, obwohl sich in diesem Haus enorme Mengen an Möbeln, Gemälden, Silber und so weiter befinden, alles Erbstücke mütterlicher- und väterlicherseits, aber auch die wären irgendwann einmal aufgebraucht gewesen. Und ehrlich gesagt, waren die Sachen auch nicht alle gleich wertvoll. Aber ich habe festgestellt, dass ich ganz gut verhandeln kann, meine Mutter stammte aus einer alten Kaufmannsfamilie, vielleicht liegt es daran, und ich mag schöne Gegenstände, ich weiß sie zu schätzen, auch eher ungewöhnliche, die den wenigsten ins Auge fallen.«

Er sieht mir lange in die Augen, was in meinem Zwerchfell für Bewegung sorgt, dann hebt er das Glas und trinkt, ehe er weitererzählt.

»Am Anfang kaufte ich Bekannten meiner Eltern Sachen ab, die Bares brauchten, ganz diskret. Ab und zu habe ich sogar ein besonders geliebtes Stück als Pfand genommen. Das sprach sich schnell rum, und mittlerweile habe ich einen großen Kreis aus Anbietern und Kunden, ich habe sogar einen kleinen Laden, den kannst du dir gerne mal ansehen, wenn du magst. Den Laden habe ich eigentlich nur noch zum Spaß, ich sollte ihn schließen, denn das meiste läuft übers Netz, ich verkaufe an Amerikaner, Russen und nach ganz Europa natürlich, sogar an die Chinesen.«

Er lächelt vor sich hin, gießt uns nach, erst in mein Glas, dann in seins, dann ist auch die zweite Flasche leer, ich fühle mich immer lebendiger, und natürlich werde ich mir seinen Laden mal ansehen! Ich sage ihm, dass ich das alles toll finde, was er auf die Beine gestellt hat, aber er schüttelt den Kopf. Und selbstverständlich will ich mir deinen Laden ansehen, ich will alles kennenlernen, was du zu bieten hast, Henry F., aber das sage ich dann doch nicht laut. Er will nicht mehr über sich sprechen, sondern was von mir erfahren, wo mein Name herkommt, der so ungewöhnlich und so schön ist, und ob es vielleicht was mit Elvira Madigan zu tun hat, ob ich nach ihr benannt worden bin.

Ich nicke. Es ist Jahre her, dass mich jemand nach meinem Namen gefragt hat. Als Kind musste ich immerzu erklären, warum meine Mutter eine Schwäche für eine Seiltänzerin aus dem 19. Jahrhundert hatte. Denn sie hat bestimmt, wie ich heißen sollte, und natürlich auch, wie Sixten heißen sollte. Ich wurde nach einer Frau benannt, die bereits im Alter von fünf Jahren zusammen mit ihrer kleinen Schwester im Zirkus auftrat, den ihre junge Mutter, die auch Seiltänzerin war und später dann Kunstreiterin wurde, zusammen mit ihrem Stiefvater führte, einem hitzköpfigen amerikanischen Zirkusartisten, der Elviras Mutter das Reiten beibrachte. In diese Elvira verliebte sich Sixten Sparre eines Sommers bei einem Zirkusbesuch, ein verträumter schwedischer Leutnant, der eine unglückliche Ehe führte und ansehnliche Schulden hatte, und zwar so unsterblich, dass er im darauffolgenden Sommer zurückkehrte. Die beiden sind durchgebrannt, gaben sich als Ehepaar aus, bis das Geld zur Neige ging, mussten fliehen, weil die Leute sie erkannten, und fanden ein tragisches Ende.

Ich habe mich mit diesem Namen nie wirklich wohlgefühlt, er ist so altmodisch, zu lavendelfarben und klingt nach bloßer Zierde, gleichzeitig hat er etwas Schicksalsschwangeres, den Odem des Untergangs. Manchmal habe ich mich gefragt, ob sich meine Mutter ein anderes Kind gewünscht hätte, eine richtige Elvira. Die Geschichte der Seiltänzerin hatte sie immer als etwas Außergewöhnliches, besonders Romantisches dargestellt, und meine Mutter machte auch keinen Hehl aus dem tragischen Ende, sondern betonte den Triumph der Liebe, die hehre Schönheit. Ein Mädchen aus dem Volk und der schwedische Aristokrat, die nicht ohne einander leben konnten. Elvira war die Einzige, die Sixten verstand, seine überbordende Empfindsamkeit. Erst später habe ich begriffen, dass meine Mutter mich nach einer Selbstmörderin benannt hat. Wenn sie das denn gewesen ist, denn niemand weiß, ob Elvira wirklich sterben wollte. Sie war jung, unverheiratet und hatte das Leben noch vor sich, im Gegensatz zu Sixten, den eine Zwangsehe und hohe Schulden belasteten. Er tötete sie durch einen Kopfschuss und brachte sich danach ebenfalls um, aber niemand kann mit Sicherheit sagen, dass es Elviras Wille gewesen ist. Ich habe die sepiafarbenen Abzüge ihres runden, kindlichen Gesichts mit den langen blonden Haaren gesehen, und ich meine, eine gewisse Traurigkeit, etwas Düsteres in ihren großen Augen erkennen zu können. Als hätte sie schon da geahnt, was sie erwartete. Die Liebe ist eine gefährliche Kraft, auch für schöne und talentierte Menschen. Und ich bin weder schön noch besonders talentiert. Aber ich bin, im Gegensatz zu Elvira, eine Überlebenskünstlerin.

»Das ist ein bezaubernder Name«, sagt *der Lappen*. Und als hätte er meine Gedanken gelesen, fügt er noch hinzu, dass man so ein Schicksal doch niemandem wünscht, vor allem nicht den eigenen Kindern. Ich gebe ihm recht, und dann wird es ganz still zwischen uns. Ich sage ihm nicht, dass mein Zwillingsbruder nach dem selbstmörderischen Schweden benannt ist und ich das sehr unpassend finde, stattdessen frage ich ihn, wofür das F. in seinem Namen steht. Er schlägt sich die Hand vors Gesicht, bevor er mir antwortet, er flüstert es: »Fernando.« Er sieht mich an und murmelt verlegen, dass diesen Namen alle männlichen Familienmitglieder tragen und er wahrscheinlich auf irgendwelche spanischen Vorfahren zurückzuführen ist.

»Okay«, erwidere ich mit heller Stimme und versuche, mein Gesicht so neutral wie möglich aussehen zu lassen, aber das Lachen findet seinen Weg und bricht mit voller Kraft hervor, so gewaltig wie eine geschüttelte Zweiliterflasche Sprudel, und dann schreien wir beide vor Lachen, bis uns die Tränen in die Augen steigen, und jedes Mal, wenn das Lachen abnimmt, sehen wir uns an und es geht wieder von vorne los.

»Das Essen!« Er brüllt die zwei Wörter förmlich, springt vom Stuhl auf, schwankt und rennt kichernd in die Küche. Ich gehe hinterher und merke, dass der Champagner aus mir einen glücklichen, schwankenden Leuchtturm gemacht hat.

Die Küche ist altmodisch eingerichtet, groß, mit hoher Decke, hellgelben Kacheln an den Wänden und einer niedrigen Arbeitsfläche, über dem Herd hängen Kupfertöpfe, die Luft ist warm und schwer und riecht nach allen Mahlzeiten, die jemals dort zubereitet wurden.

Der Lappen nimmt eine Schürze vom Haken. »Setz dich, meine Liebe«, sagt er und zieht einen winzigen Holzstuhl unter einem sehr kleinen Esstisch hervor. Vorsichtig setze ich mich hin, eine Pobacke nach der anderen, während er mir ein Glas Rotwein einschenkt. Dieses Glas trinke ich nicht in einem Zug leer, sondern nehme einen Schluck und koste den schweren, dunklen und fast klebrigen Wein. Man erkennt sofort, dass *der Lappen* ein geübter Koch ist, er hackt und schneidet, hebt Deckel hoch und rührt in den Töpfen herum. Dann öffnet er die Ofenklappe und lässt damit eine Duftwolke in den Raum entweichen, zwischendurch wirft er mir kurze Blicke zu, senkt aber den Kopf gleich wieder. Aber sein fast unsichtbares Lächeln, das sehe ich.

Ich kann nicht kochen. Seit Mamas Tod. Ich habe es versucht. Ein einziges Mal. Papa und Sixten konnten nicht kochen, ich hatte Mama ja immer in der Küche geholfen. Nach der Beerdigung haben wir tagelang die Reste vom Leichenschmaus gegessen. Das Essen quoll aus dem Kühlschrank, türmte sich in Metallschalen, die mit Frischhaltefolie bedeckt waren und sich übereinanderstapelten, Schnittchen mit Aufstrich, mit kleinen Zwiebelhäufchen und erstarrtem Bratenfond, Weißbrot mit schwitzenden, von der Paprikadekoration rot verfärbten Käsescheiben, deren Ecken sich schon nach oben bogen. Es gab auch süße Teilchen, die schnell anfingen, alt und pappig zu schmecken. Papa bekamen wir nicht zu Gesicht, er war die ganze Zeit im Schlafzimmer, aus dem sonderbare tiefe, dunkle Geräusche drangen, Gebrüll, Schluchzen und erregtes Gemurmel. Danach war es immer sehr lange ganz still, dann begann alles wieder von vorne. Ab und zu hörten wir ihn in der Küche mit Flaschen klimpern. Einmal bin ich zu ihm gegangen, ich dachte, ich könnte ihn trösten, aber sein Anblick, das Fremde in seinen blutunterlaufenen Augen ließ mich zurückschrecken, und ich zog mich wieder in mein Zimmer zurück. Er hatte mich gar nicht gesehen. Am nächsten Morgen wachte ich früh auf, es war ganz still im Haus, es war Samstag, Papa und Sixten schliefen noch, und ich ging in die Küche, um die traurigen Reste aus den Metallschalen zu entsorgen. Ich holte Mamas Portemonnaie aus der Schublade, aber ich konnte das weiche, zerschlissene rote Leder nicht lange in der Hand behalten, darum fischte ich mir nur ein paar Scheine heraus und legte es gleich wieder zurück, nahm einen der Einkaufsbeutel, die neben der Heizung hingen, und fuhr mit dem Rad zum Supermarkt. Ich wollte uns Bouletten machen mit geschmorten Zwiebeln, Erbsen, Kartoffeln und brauner Soße, ein Gericht, das mir überschaubar schwierig und machbar erschien, außerdem war es Papas Lieblingsessen, das Mama manchmal am Samstagabend gemacht hatte. Als Nachspeise sollte es Zitronencreme geben, hatte ich beschlossen, obwohl die nicht so einfach zu machen war, aber sie war Sixtens Lieblingsessen. Ich musste mich doch um sie kümmern, um Papa und Sixten, die Zukunft lag vor uns, auch wenn sie noch so schwer und mutterlos war, und jemand musste was zu essen machen, damit wir Kraft dafür hatten.

Draußen auf der Straße war es so still, als würde alles die Luft anhalten. Das Knirschen der Fahrradreifen auf dem Kies in der Einfahrt war unnatürlich laut, und ich musste die Augen zusammenkneifen, weil die Sonne so blendete, ich hängte den Beutel an den

Lenker und stieg auf, jede Bewegung war eine unglaublich große Kraftanstrengung. An den Kassen im Supermarkt waren lange Schlangen, alle Familien machten Großeinkauf, unter den randgefüllten Einkaufswagen stapelten sich Wasser- und Bierkästen, die Kinder quengelten und wollten Süßigkeiten. Ich wich ihnen aus, wollte sie nicht ansehen, sondern wackelte auf zittrigen Beinen durch die Gänge, um meine Einkäufe in den Korb zu legen. Erst an der Kasse hob ich den Blick und entdeckte eine Klassenkameradin von mir. Sie starrte mich an, aber nicht nur das, ihre Mutter stand neben ihr und starrte mich genauso an. Als mich ihre Blicke trafen, sah ich schnell weg, so wie sie mich angesehen hatten, kamen mir Zweifel, ob ich überhaupt dort sein durfte. Als ich wagte, wieder hinzusehen, hatten sie sich umgedreht, als hätten sie mich nie gesehen. Als hätte Mamas Tod auch mich in ein Gespenst verwandelt.

Zu Hause fing ich sofort mit der Zubereitung an. Ich holte mir Mamas Heft, in das sie ihre Rezepte reingeschrieben und in dem sie hier und da aus Zeitschriften ausgeschnittene Rezepte gesammelt hatte. Beim Anblick ihrer Handschrift, der leicht lesbaren runden Druckbuchstaben, wurde das Gefühl von Verzweiflung und Einsamkeit riesengroß, wie kalte, graue Luft. Aber ich machte trotzdem weiter, schälte die Kartoffeln, weichte die Gelatine ein, presste Zitronen aus, schlug Sahne, schnitt Zwiebeln, formte Bouletten und setzte Wasser für die Erbsen auf. Ich deckte den Esstisch mit Servietten und Kerzen, ich hatte sogar Bier gekauft und stellte die Flasche neben Papas Teller. Die Kerzen stellte ich auf den leeren Platz. Ihren. Ich stand da und starrte auf den Esstisch, als plötzlich Sixten in die Küche kam.

»Was machst du da?«

Seine Stimme riss mich aus meinen Gedanken, und ich erkannte, wie bescheuert das Ganze war, wie dämlich, als würde ich sie ersetzen können, ich schob mich an ihm vorbei und wollte in mein Zimmer schleichen, aber da packte er mich am Arm. Ich hatte längst angefangen zu weinen und wollte nicht, dass Sixten das sah, aber er ließ mich nicht los, zog mich an sich und hielt mich fest. Sehr fest. So fest, dass ich seine Rippen spüren konnte. Und dann weinten wir beide. Hinterher half er mir dabei, das Essen fertig zu machen.

»Ich hole ihn.«

Zum ersten Mal seit ihrem Tod hatte ich an diesem Abend die Hoffnung, dass wir doch so eine Art Zukunft hatten, dass unser Leben, mit dem wir zurückgelassen wurden, doch mehr sein konnte als nur hoffnungslos und trist. Dann kam Papa. Er blieb in der Tür stehen, sah erst auf den gedeckten Tisch, dann sah er mich an. Er sagte kein Wort. Er trug das Hemd, das er auch auf der Beerdigung angehabt hatte und das mittlerweile fleckig und zerknittert war, sein Haar war fettig, das Gesicht rot und aufgequollen, ihn umgab der Geruch von Trauer und Schweiß. Dann seufzte er und setzte sich an seinen Platz. Sixten und ich setzten uns auch hin, und wir fingen an zu essen, wortlos, wir aßen die verkochten Erbsen, die dünne, nichtssagende Soße und die angebrannten Bouletten, die innen noch roh waren, auch die flockige Zitronencreme überstanden wir, während wir die ganze Zeit darauf warteten, dass er etwas sagte. Papa trank das Bier aus der Flasche, was er nie getan hatte, weil Mama das nicht leiden konnte, aber er sagte nichts, kein Wort, und aß auch nur ganz wenig. Irgendwann fing ich an, den Tisch abzuräumen. Sixten ging aus. Zum ersten Mal seit der Beerdigung holte er seine Jacke im Flur und steckte nur noch kurz den Kopf in die Küchentür.

»Ich gehe rüber zu Køster.«

Er bemühte sich sehr, dass seine Stimme normal klang. Papa nickte und sagte: »Das ist gut so, mein Junge, tu das.« Dabei klang seine Stimme tief und belegt von den vielen Tränen. Ich nickte auch und sagte Tschüss, und Sixten verschwand, tauchte ab in die Welt, so wie er es davor immer getan hatte, und vielleicht war das ein Zeichen dafür, dass doch noch alles wieder werden würde, wenn schon nicht gut, dann wenigstens okay.

»Wir müssen gut aufeinander aufpassen.«

Papas Stimme klang jetzt anders, heller, ich stand an der Spüle, seine Augen klebten an mir, wie Silberglanz, ich gab ihm recht und spülte die Teller ab, als er plötzlich seine Arme um mich legte und ich seinen sauren Atem in meinem Nacken spürte. Ich wurde ganz steif.

»Papa ist so einsam.«

An diesem Abend spielten wir zum ersten Mal das Spiel, bei dem ich seine kleine Frau war, und es war auch das letzte Mal, dass ich gekocht habe. Es war noch früh, als er einschlief, ich lag auf Mamas Bettseite, das Kissen duftete sogar noch ein bisschen nach ihr. Ich sammelte meine Klamotten vom Boden auf, es fühlte sich an, als würde ich auf dem kurzen Stück in mein Zimmer über dem Boden schweben. Ich fühlte nichts, kein einziges Gefühl war in mir, ich war vollkommen leer. Ich war wie gelähmt, ich lag in einem schwerelosen Zustand in meinem Bett, im Dunkeln, er verdeckte alle Gedanken und sogar den Schmerz zwischen meinen Beinen, als hätte keines meiner Körperteile etwas mit mir zu tun. Offensichtlich aber hatte ich geweint, denn plötzlich stand Sixten bei mir in der Tür, ich hatte ihn gar nicht nach Hause kommen hören.

»Schwesterchen? Darf ich reinkommen?« Er nannte mich nur bei besonderen Gelegenheiten Schwesterchen. »Das war so toll, was du da heute getan hast«, sagte er und trat an mein Bett, ich setzte mich auf. »Dass du einkaufen warst und für uns gekocht hast.« Er sprach weiter, drehte sich zu mir, ich konnte seine Gesichtszüge im Dunkeln sehen. »Ich halte den Gedanken kaum aus, dass sie nicht mehr hier ist. Ich weiß nicht, ob ich überhaupt Lust habe weiterzuleben.« An seiner Nasenspitze funkelte eine Träne, ich legte meine Arme um ihn. »Heute war es ein bisschen besser als sonst. Aber jetzt fühlt es sich wieder total komisch an, dass der Abend so normal war.« Er lehnte sich an mich. »Ich werde auf dich aufpassen. Wir müssen aufeinander aufpassen. Und auf Papa.«

Ich nickte, spürte seine kurzen Haare an meiner nassen Wange.

»Du kannst ruhig hier schlafen.«

Wir lagen dicht beieinander und schwiegen, und kurze Zeit später hörte ich Sixtens tiefe und regelmäßige Atemzüge. Ich stützte mich auf meine Ellenbogen und beobachtete ihn beim Schlafen, er sah aus wie ein kleiner Junge, wehrlos, mit offenem Mund. Er würde es niemals erfahren, niemand sollte es jemals erfahren. Das hatte mir auch Papa ins Ohr geflüstert, mit seiner neuen, weicheren Stimme, dass es unser Geheimnis ist, von dem niemand erfahren soll. Nur wir beide wissen davon. Da erinnerte ich mich an etwas, was Mama im Krankenhaus gesagt hatte, als sie nicht mehr aussah wie vorher, ihre Augen waren riesengroß, und sie hatte meine Hand gehalten und fest gedrückt, mich zu sich herangezogen, und ich habe sie, ihren neuen Geruch gerochen, fremd und metallisch, der mich zum Weinen brachte. »Du musst gut auf Papa und Sixten aufpassen«, hat sie gesagt und mich mit ihren großen, blassen Lippen angelächelt, »wir Frauen sind aus härterem Material gemacht, dein Vater ist nicht so stark, er ist ein Träumer, das hat Sixten von ihm geerbt.« Ich nickte und blieb still sitzen, obwohl ich Lust hatte wegzulaufen und zu schreien. »Ja«, antwortete ich stattdessen. »Für die beiden wird es schlimm, wenn ich nicht mehr da bin«, hat sie gesagt.

Mit den Jungs, also mit Sixten und Papa, aber besonders mit Papa, musste man also ein bisschen Nachsicht haben. Denn Jungen und Männer wussten es nicht besser. So wie mit Papa, wenn der über »die Weiber« schimpfte, das klang so schlimm, dass es mir richtig wehtat, aber da musste man einfach nur lachen und mit den Schultern zucken, so hat es Mama immer getan, er meinte es ja gar nicht böse. Frauen, die nicht hübsch oder zu laut oder irgendwie zu anstrengend waren, fielen in die Kategorie Weiber. Und was Papa überhaupt nicht leiden konnte, waren eben genau solche Weiber, hässliche, dicke Weiber, die dachten, sie seien was Besonderes. Fette Weiber, alte Weiber, dumme Weiber, hysterische Weiber. So sprach er über sie, immer in einem netten Tonfall, mit einem Lächeln, einem kurzen Lachen. Wenn er allerdings über Køsters Mutter sprach, nannte er sie »Madame«, obwohl es keinen Zweifel gab, dass sie eindeutig in die Kategorie Weiber fiel. Mama, die selten ein böses Wort über jemanden sagte und Papa nie kritisierte, bekam ab und zu ihre Ärgerfalte auf der Stirn. Wenn sie dann aber bemerkte, dass ich sie beobachtete, hatte sie mich angelächelt oder mir zugezwinkert. Wir beide wussten ja, so waren sie nun einmal, die Jungs.

Was Papa neben solchen Weibern am zweitmeisten hasste, waren Schnorrer und Schmarotzer. Wenn ihm nach Mamas Tod jemand seine Hilfe angeboten hätte, hätte er unter Garantie abgelehnt, um nicht selbst als Schmarotzer dazustehen. Mama war die Extrovertierte der beiden gewesen, und mit ihrem Tod endete auch der Kontakt mit der Außenwelt, wir bekamen keinen Besuch mehr und besuchten weder einen der entfernten Verwandten noch jemanden aus dem kleinen Freundeskreis, der sowieso eher Mamas gewesen war. Ein paar von Mamas Freundinnen kamen in den ersten Monaten nach ihrem Tod vorbei und kümmerten sich um uns, Papa lud sie auf einen Kaffee ein, lächelte und unterhielt sich mit ihnen, nahm aber keine ihrer Einladungen an und war immer eher erleichtert, als sie wieder gegangen waren. Mir gefällt der Gedanke, dass seine Kinder beide Schnorrer und Schmarotzer geworden sind, dass Sixten und ich seit Jahrzehnten von den Behörden unterstützt werden. Wie sehr ihn das quälen würde, wenn er es wüsste. Ich nehme an, dass er noch lebt, ich bekomme bestimmt Bescheid, wenn die Welt endlich von ihm befreit sein wird.

8.

Ich werde vom Fehlen der Geräusche wach. Ich höre kein schweres Dröhnen des morgendlichen Verkehrs auf dem Frederikssundsvej. Stattdessen höre ich Vogelgezwitscher und das ferne Rauschen von langsam fahrenden Autos. Auch der Geruch ist fremd, süß und ein bisschen verstaubt. Ich öffne die Augen und starre auf eine Tapete. Voll praller Rosen. Durch ein Fenster strömt graues Morgenlicht ins Zimmer. Da erinnere ich mich. Ich schließe die Augen wieder und bleibe einen Moment reglos liegen, spüre den Körper, der neben mir in die Decke gewickelt ist. Höre ein leises, regelmäßiges Schnarchen. Ich stehe auf, sammele meine Klamotten ein, die überall im Raum verteilt sind, und während ich über den Boden humple und mich dabei anziehe, sehe ich ihn an, beziehungsweise das bisschen, was von ihm zu sehen ist, sein schwarzes Haar auf dem weißen Kissen. Ich weiß, wie es riecht, wie es sich zwischen meinen Fingern anfühlt, ich erinnere mich daran, wie meine Hände und mein Mund über seinen Körper gewandert sind, der jetzt unter der Decke verborgen ist.

Ich habe Kopfschmerzen und stolpere ins Badezimmer, das nur unbedeutend kleiner ist als meine gesamte Wohnung und in dem natürlich eine von diesen Badewannen aus uraltem Porzellan mit Löwenfüßen steht. Ich starre lange mein Spiegelbild an, lang genug, um zu wissen, dass ich dieses alberne Lächeln nur schwer wieder aus meinem Gesicht bekommen werde und auch dieses Funkeln in meinen Augen nicht. Ich zögere einen Moment, dann aber borge ich mir seine Zahnbürste aus, die einsam in einem Glas auf der Ablage über dem Waschbecken steht, mich erregt es, seine Zahnbürste in meinem Mund zu spüren. Ich muss los, habe es eilig und mache nur Katzenwäsche. Als ich fertig bin und aus dem Schlafzimmer nach wie vor kein Laut zu hören ist, stelle ich mich in die Tür und beobachte ihn, wie er ganz ruhig und still daliegt. Ich überlege, ob ich etwas tun soll, sagen soll, denn ich weiß nicht, wie man so etwas macht, ich habe von nichts eine Ahnung! Darum tue ich gar nichts, ermahne mich, dass ich mir bloß nichts einbilden, mir nichts in den Kopf setzen soll. Und trotzdem ist da dieses Lächeln in meinem Gesicht. Ich kann es dem Taxifahrer ansehen, den ich gerufen habe. »Da war wohl jemand aus und hat ordentlich Spaß gehabt«, sagt er und zwinkert mir zu, als würden wir demselben geheimen Klub angehören. Ich sehe weg und kichere, echt jetzt, ich kichere, und während ich aus dem Fenster und auf den grauen, regnerischen Vormittagsverkehr sehe, muss ich mich zusammenreißen, um nicht in schallendes Gelächter auszubrechen.

Ich bitte ihn, mich in der Nähe der HOPLA-Seminarräume rauszulassen, ich will das letzte Stück gehen, damit keine der anderen das Taxi sieht. Spontan entscheide ich mich, ihm ein sattes Trinkgeld zu geben, was ich noch nie getan habe, aber es fühlt sich richtig an, und plötzlich wird mir klar, dass ich nichts zu essen und zu trinken für den bevorstehenden Kurstag dabeihabe. Normalerweise würde mich das in Panik versetzen, außerdem habe ich einen Kater, was mein Bedürfnis nach Stärkung nicht vermindert, aber ich gehe mit pochenden Schläfen direkt auf das Gebäude zu und habe das Gefühl, alles meistern zu können. Es wird mucksmäuschenstill, als ich die Tür aufmache, *die Blondine* sieht mich an, dann auf ihre Armbanduhr und wirkt alles andere als froh.

»Sie hätten schon vor über einer Stunde hier sein sollen.«

Ich nicke. »Entschuldigung.«

Sie sieht mich prüfend an. Das Lächeln hat schon wieder mein Gesicht erobert, und es ist offensichtlich von der Sorte, die unbedingt erwidert werden will, denn ich kann sehen, wie sie langsam weich wird.

»Tschuldigung. Tschuldigung.« Ich senke den Kopf, dann hebe ich ihn wieder und sehe ihr in die Augen.

Endlich nickt sie. »Jaja, schon gut.« Sie beugt sich über ein Blatt Papier auf dem Tisch vor ihr und macht ein Kreuz hinter meinem Namen. »Aber das nächste Mal kommen Sie nicht so einfach davon.«

»Danke, vielen Dank«, murmle ich und setze mich in die letzte Reihe neben *das Kätzchentattoo*, die mich vielsagend ansieht. Ob er wohl schon aufgewacht ist?

Er hat danach, ich war kurz davor einzuschlafen, in die Dunkelheit geflüstert, dass es das erste Mal für ihn gewesen war, ohne dafür zu bezahlen. Und einen Augenblick später flüsterte er meinen Namen. Elvira. Und genau in diesem Moment entstand dieses Lächeln, als hätte es einen eigenen Willen, und übernahm die Herrschaft über mein Gesicht. Ich erwiderte nichts, vielleicht dachte er sogar, dass ich schon schlafe, als er sich über mich beugte und mich ganz vorsichtig und zart auf den Mund küsste. Und ich lag da, regungslos wie eine Landschaft. Ich hätte ihm sagen können, dass es auch für mich das erste Mal gewesen war, also so richtig. Und dass ich nie, niemals gedacht hätte, dass es jemals passieren würde. Die Welt ist eine andere geworden, oder ich bin eine andere geworden, das weiß ich noch nicht genau, aber etwas hat sich verändert. Ich bin wie sattes goldgelbes Eidotter in einer prallen sandfarbenen Schale.

Meine Gedanken werden von einem wütenden Ellenbogen unterbrochen, der sich in meine Seite bohrt, und ich starre *das Kätzchentattoo* fragend an, bis ich begreife, dass mich *die Blondine* angesprochen hat.

»Wie ist das bei Ihnen? Elvira, stimmt's? Was können Sie besonders gut?«

Ich habe gerade festgestellt, dass ich ein großes Talent habe zu lieben. Dass dieser gigantische Körper mit all seinen Dellen, Beulen, Fleischlappen und Fettfalten, dass dieser riesige Frauenkörper in der Lage ist, unermessliche Freude zu empfinden und wohlige Schauer zu erleben. Dass er fähig ist, leuchtend zu strahlen, ekstatische Stöße auszuführen und lustvolle Höhepunkte zu erreichen, dass er unfassbar großartig, schön und stark ist. Ja, mir ist bewusst, dass man es kaum glauben kann, aber es ist wahr, ich habe ein großes Talent zu lieben. Allerdings bin ich auch kein Vollidiot, und deshalb antworte ich, wahrscheinlich inspiriert von dem Tattoo meiner Sitznachbarin:

»Ich kann ganz gut mit Tieren.«

Das wiederum ist eine Lüge, und *die Blondine* sieht mich etwas sparsam an und sagt nur »aha«, und ich muss mich unheimlich anstrengen, mein sehr aufdringliches Lächeln zu unterdrücken. Das würde sie jetzt gerade nicht zu schätzen wissen. Aber ich spüre das Lächeln, es liegt in meinem Bauch und droht damit, mein Gesicht zu erobern und meine Glaubwürdigkeit als Verängstigte zu unterminieren. Einige der Teilnehmerinnen kichern, was *das Kätzchentattoo* wütend macht, sie sagt ihnen, sie sollen ihre Fresse halten. »Haltet eure fetten Fressen«, und das tun sie.

Später gehen wir in den Sportraum, *die Blondine* hat eine CD mit Zumbamusik mitgebracht und stellt sich vor den Spiegel. Sie trägt ein knallenges Outfit in Schwarz und Neongrün, mit Leopardenmuster, und fängt sofort an, zu den schnellen Rhythmen effektiv mit den Hüften zu schwingen.

»Kommt schon, Mädels, das hier ist wahre Lebensfreude!«

Hinterher, es kommt mir vor wie Stunden oder eher wie eine tagelange, von Kopfschmerzen geplagte Tortur aus unrhythmischen und erniedrigenden Bewegungen vor einem großen Spiegel, liegen wir wieder schwitzend und mit Herzrasen auf den säuerlich riechenden Matten, die Zumbamusik ist von Panflöten abgelöst worden, man muss automatisch an den Geruch von Einkaufscentern denken und an das Geräusch von Einkaufswagen, die über glatte Böden geschoben werden.

Ich lasse die Geräusche außen vor, schließe die Augen und erinnere mich an gestern, als ich an dem gedeckten Tisch beim *Lappen* im Erker saß und er sich vorbeugte und sagte: »Das musst du probieren, ich glaube, das wird dir gefallen«, und mir dann eine Gabel mit Foie gras in meinen geöffneten wartenden Mund schob. Ich spürte seinen aufmerksamen Blick, während sich die weiche Pastete in mir zu einem fettigen, intensiven Geschmack entfaltete, in diesem Moment muss er den Entschluss gefasst haben, denn er beugte sich erneut vor, dieses Mal ein Stück weiter, und schloss die Augen zur Hälfte, bevor er mich küsste. Mein erstes Mal. Schon der Gedanke daran. Ich weiß gar nicht, wie so etwas möglich ist. Ich weiß nicht, was ich mit diesem vollkommen absurden und irrsinnigen, rauschhaften Gefühl anfangen soll oder wie ich es wieder loswerden kann. Oder ob ich das überhaupt muss. Fuck.

Und dann, kurz darauf, sah er mich an und sagte: »Wenn ich irgendetwas für dich tun kann, dann sag es mir.« Für dich tun kann. Da war eine Riesenwelle in meiner Brust.

»Da wäre tatsächlich etwas.« Ich flüsterte.

»Ja?« *Der Lappen* war aufgestanden und sah mich, zu allem bereit, mit seinen blauen Augen an, ganz konzentriert.

»Meine Füße …«

Ich geriet ins Stocken.

»Deine Füße?«

»Nein, da ist nichts. Die tun nur ein bisschen weh.«

Ich hatte ihn dabei nicht angesehen, er verschwand aus dem Zimmer und ließ mich schwer und bedauernd zurück. Ich wollte gerade gehen, als er mit einer großen silbernen Wanne und einem Handtuch über der Schulter zurückkam. Der warme Wasserdampf beschlug seine Brillengläser. Er stellte die Wanne auf den Boden, zupfte ein paar Blätter von den Rosen ab und ließ dann die dunkelroten Blütenblätter in die Wanne fallen. Ich musste kichern. *Der Lappen* lächelte. Er kniete sich neben die Schale.

»Zieh deine Schuhe und Strümpfe aus.«

Das tat ich, dann spürte ich seine Hand an meinem Knöchel.

»Du hast ausgesprochen schöne Füße. So fein und klein. Zartrosa. Einfach perfekt.«

»Rose Confidentiel« funkelte auf meinen Zehennägeln. Er lächelte und führte meine Füße in die Wanne. Die Rosenblätter tanzten auf der Oberfläche. Ich wollte meine Füße wieder rausziehen, aber *der Lappen* hielt sie fest und massierte sie mit seinen schmalen kleinen Händen unter Wasser, während ich von oben auf sein schwarzes Haar starrte. Keiner von uns sagte ein Wort. Dann trocknete er seine Hände ab und verschwand wieder aus dem Zimmer. Als er zurückkam, gab er mir eine Maske, und zwar von der Sorte, die reiche Frauen in Filmen zum Schlafen verwenden.

»Wenn du die aufsetzt, kannst du vielleicht besser entspannen und loslassen.«

Ich nahm sie zögernd. Glatter, glänzender Stoff auf der einen Seite, weich auf der anderen.

»Natürlich nur, wenn du willst.«

Sie saß ziemlich stramm, und es war vollkommen dunkel unter der Maske. Für einen kurzen Moment bereute ich alles. Ich spürte seinen Atem wie eine sanfte Brise auf meiner Haut. Er begann wieder, meine Füße unter Wasser zu massieren, einen nach dem anderen, hart und weich zugleich. Dann trocknete er sie sorgfältig mit dem Handtuch ab, ein Zeh nach dem anderen, und setzte die Massage fort, aber jetzt mit Öl, das zuerst kalt war und dann warm wurde. Mein Bein lag auf seinem Oberschenkel, ich spürte die Wärme seiner Haut durch den Stoff seiner Hose und roch den Duft des Massageöls. Kampfer und noch was Feines, Rose vielleicht. Bei der Massage mit dem Öl ging er noch gründlicher zu Werke, zog an meinen Zehen, bohrte seinen Daumen in kreisenden Bewegungen in meine Fußsohle. Mir entwich plötzlich ein Laut, eine Mischung aus Seufzer und Keuchen, mein Gesicht unter der Maske wurde ganz heiß. Ich hörte seinen Atem, der schneller wurde, vielleicht war es doch zu anstrengend, obwohl er nur mit der einen Hand massierte. Seine Berührungen waren abwechselnd fest und weich, zwischendurch fühlte es sich an, als würde er meine Füße mit den Lippen streifen. Und dann war es ganz plötzlich vorbei. Er ging raus. Ich wartete, blind und stumm unter der Maske.

Als er zurückkam, arbeitete er sich langsam nach oben, massierte meine schmerzenden Unterschenkel und streichelte sanft meine Knie. Dann wanderte er ruhig und bestimmt zu meinen gigantischen Oberschenkeln. Ich zuckte innerlich zusammen, wollte protestieren. Aber als hätte er das gespürt, wurden seine Bewegungen sofort weicher und sanfter.

»Entspann dich. Lass los.«

Ich hätte gehen sollen. Ich hätte aufstehen und auf der Stelle gehen müssen. Ich spürte seine Haare, die über meinen Oberschenkel streiften, dann sein Ohrläppchen, das meine Haut berührte, seine Lippen, sein Atem zwischen meinen Beinen, die er auseinanderschob. Ich kniff fest die Augen zu, während er mich vorsichtig aus meiner Hose und Unterhose schälte und dann meine Beine spreizte. Eine warme Zunge drehte dann zwischen meinen Schenkeln Kreise, weiche Lippen küssten mich, ich wagte nicht zu atmen, ich hätte aufstehen und gehen sollen, auf der Stelle, aber ich konnte nicht, sondern wurde immer tiefer in den Stuhl gesogen. Ich hatte Angst, dass er keine Luft bekam, und spreizte meine Beine noch mehr, während seine Zunge ihren Weg fortsetzte, weich und warm untersuchte sie jede Falte. Die ganze Zeit dachte ich, gleich gehe ich, aber der Zunge war das egal, die machte weiter und war überall gleichzeitig, mal rau, mal ganz glatt. Ich hörte jemanden stöhnen. Ein Stöhnen, das zu einem Wimmern wurde und dann zu einem lang gezogenen, tiefen Jammern. Mich durchströmte eine Welle mit einer solchen Kraft, dass ich erzitterte. Was wie ein großes Tier und nach großer Not geklungen hatte, war meine Stimme gewesen. Das wurde mir klar, als ich neben *dem Lappen* auf den kühlen Parkettboden geglitten war und mich fühlte wie klebrige, honigfarbene kleine Teiche. Und das war erst der Anfang.

Denn später lag er nackt neben mir, er hatte seine Brille abgenommen und sie auf den kleinen Beistelltisch gelegt, und sah so wehrlos aus ohne sie. Ich erinnere mich an seine Lippen, die in mir die Lust erzeugten, seinen Atem zu trinken, seine salzige Haut zu lecken, ihn überall zu berühren, seine tastenden Finger zu spüren, auf mir, in mir, immer wieder. Ich erinnere mich daran, wie wir im Bett lagen und er mich ansah und ich die Augen schloss. Aber mir kommen Zweifel, ob ich mich auf meine Erinnerung überhaupt verlassen kann, Zweifel, wie jemand, wie einer wie er, ausgerechnet so einer wie er, Lust auf eine wie mich haben kann. Aber der interessiert mich gerade nicht, dieser Zweifel, ich will mich an jedes kleine Detail erinnern, solange ich das kann, an den Geschmack seiner Zunge, an das Zittern seiner Augenlider, an den Geruch von Seife und Salz in den lockigen schwarzen Haaren da unten, an die seidige Haut. Diese Erinnerungen will ich bewahren, an einem besonderen Ort, für die Zeit, wenn ich wieder die alte Elvira geworden bin und dieses alberne Lächeln aus meinem Gesicht verschwunden ist.

Køster kommt gegen zwei Uhr in den Keller, kurz bevor ich den Laden schließe. Es war ein langer Tag, ich bin müde, auf eine schwindelige, schlafwandlerische Art und Weise, die Welt ist wie in Watte gepackt. Køster kommt, nachdem ich die Badezimmer geputzt, die Laken abgezogen und eine Waschmaschine angestellt habe. Ich stehe in der Küche und esse eine Tüte Chips mit Dillgeschmack. Er kommt auf mich zu, groß und dunkel und vertraut, breitet die Arme aus, und ich lege meine Stirn gegen seine Brust und bleibe einen Moment so stehen.

»Gibt es Neuigkeiten, Elvira?«

Natürlich, es geht um Candy, die verschwundene Nutte, alles dreht sich darum.

»Sie ist mit einem Typen zusammen.«

Køster lächelt, ich kann sehen, dass er von ihm das Gleiche denkt wie ich, so ein Depp, ein Schwachkopf, ein Würstchen.

»Sie ist in so einer Art Probezeit. Wenn es gut läuft, heiraten sie, und sie kann ihr Kind nach Dänemark holen.«

Køster nickt.

»Wusstest du, dass sie ein Kind hat?«

Er nickt, wirkt desinteressiert, als wäre das ein zu vernachlässigendes Detail, und womöglich ist es das auch, aber irgendetwas bringt mich dazu, weiterzureden. Vielleicht ist es das Foto in meinem Portemonnaie.

»Aber können die für das Kleine nicht gefährlich werden, ich meine, die Leute, die hinter ihr her sind? Können wir da irgendetwas tun?«

Køster streichelt mir mit dem Finger über die Wange. »Süße Elvira«, sagt er, »du bist ja in deinem Inneren weich wie Butter.« Etwas ist anders zwischen uns, nicht mehr als ein kurzes Flimmern, vielleicht ist das auch alles nur in meiner Fantasie, er tritt einen Schritt zurück, und seine Stimme hat sich verändert, als er spricht, nur ein ganz kleines bisschen, sie klingt immer noch freundlich, warm, aber nicht wie die Stimme von jemandem, dem man weitere Fragen stellt.

»Am besten ist es, wenn wir sie finden.«

»Der Typ ist Metzger und wohnt in Vinderup.«

Ich nenne ihm auch Candys richtigen Namen, aber den kennt er schon und sagt dann, dass er die Sache ab jetzt selbst in die Hand nimmt. Ich spüre, dass er zufrieden ist mit dem, was ich herausbekommen habe.

»Hast du was von Sixten gehört?«

Sixten, mit den hohen Geldschulden, der im Dunkeln und Regen durch die Gegend irrt auf seiner ewigen schwindelerregenden Jagd nach Stoff, meinen Sixten, ich hatte ihn total vergessen, ich habe ihn fucking vergessen. Mir fallen sofort die unsäglichen Geschichten von abgeschnittenen Ohren, Zehen und Fingern ein, von zertrümmerten Kniescheiben, durchtrennten Schließmuskeln und zerstochenen

Augen, Geschichten, die ich so oft und mit so vielen Details ausgestattet gehört habe, um annehmen zu können, dass sie nur in einem chemisch überstimulierten Junkiehirn entstanden sind. Ich schüttle den Kopf, sage, dass ich nichts gehört habe, dass er nicht ans Telefon geht.

»Ich kann auf dem Nachhauseweg mal in Vesterbro vorbeifahren und bei der Kirche und am Hauptbahnhof nachsehen. Wenn ich ihn sehe, rufe ich dich an. Und wenn er bei mir einsteigt, bringe ich ihn zu dir, einverstanden?«

Ich nicke. Auch wenn die Chancen, Sixten dort zu finden und ihn dann zu mir zu bringen, sehr gering sind, hat Køsters Stimme eine beruhigende Wirkung auf mich. Ich bin nicht allein. Zum Abschied nimmt er mich noch einmal in den Arm, bevor er mit den Tageseinnahmen in der Dunkelheit verschwindet. Kurz darauf schließe ich hinter mir ab und steige in das wartende Taxi.

9.

Vielleicht löst es ein kaum wahrnehmbarer Geruch aus, den ich nur unterbewusst registriere, oder nennen wir es Instinkt, auf jeden Fall renne ich die Treppe hoch, und dort liegt er, Sixten, zusammengerollt auf meiner Fußmatte, zitternd. Seine blutunterlaufenen Augen sehen angsterfüllt zu mir hoch. »Schwesterherz«, flüstert er, »Schwesterherz.« Und erst da sehe ich die Blutlache unter ihm, ich beuge mich panisch zu ihm runter.

»Was ist los? Warum blutest du?« Meine Stimme ist so dünn wie Glas. »Wo blutest du?« Mit Mühe bekomme ich den langen, schlaksigen Körper auf die Beine gewuchtet und gestützt, dann stolpern wir in die Wohnung. Ich platziere ihn auf meinem Sofa und knie mich vor ihn, er hebt seinen rechten Arm und lässt die Hand vor meiner Nase baumeln, der Mittelfinger ist mit Klopapier eingewickelt, das von Blut getränkt ist, es tropft, tropft, tropft, seine Augen sind fast geschlossen.

»Kannst du dir vorstellen, wie doll so ein mickriger Finger bluten kann?« Er lächelt gequält. Seine Hand zittert, ich renne ins Schlafzimmer, durchwühle meinen Schrank, schiebe Berge von Klamotten auf den

Boden, bis ich den alten Verbandskasten finde, hole eine Mullbinde raus und nehme aus dem Badezimmer noch ein Handtuch mit, einen nassen Waschlappen, hetze damit zurück ins Wohnzimmer und knie mich wieder vor meinen Bruder.

»Tschuldige, Schwesterherz«, murmelt er, und ich weiß nicht, ob er high ist oder gleich ohnmächtig wird oder ob so ein abgeschnittener Finger ausreicht, um ihn umzubringen. Vorsichtig wickle ich das durchweichte Klopapier vom Finger, der Stumpen ist nur wenige Zentimeter lang, in all dem Blut sehe ich das weiße Stück Knochen, ich zwinge mich zu schlucken, um den Würgereiz zu unterdrücken, während ich die Wunde säubere.

»Die hatten eine Baumschere. So eine hatte Papa auch, erinnerst du dich? Ich durfte mir was aussuchen, entweder einen Finger oder ein Ohr. Aber man muss ja auf sein Äußeres achten, haha. Ist doch kein Zufall, dass die meinen Mittelfinger abgeknipst haben, oder? Fuck them!«

Sixten spricht schleppend und langsam. Wenn ich eines gerade überhaupt nicht gebrauchen kann, dann ist es sein entwaffnender Junkiehumor, ich sehe ihn streng an und wickle die Mullbinde so fest wie möglich um den Stumpen. Wir sehen zu, wie das Blut schneller durch den weißen Stoff der Binde sickert, als ich wickeln kann.

»Hast du den Rest?«, frage ich, er sieht mich fragend an. »Den Rest vom Finger!« Er schüttelt teilnahmslos den Kopf.

»Die hatten einen Hund.« Sixten fängt an zu heulen, zu jammern. »Der hat meinen Finger gefressen, meinen fucking Finger.«

Ich spüre, wie sich mein Mageninhalt den Hals hinaufarbeitet, aber auch dieses Mal gelingt es mir, ihn aufzuhalten. »Sixten«, sage ich, »das geht so nicht, wir müssen ins Krankenhaus fahren, da führt kein Weg dran vorbei. Das weißt du, stimmt's?«

Er packt mich am Handgelenk, seine Kraft überrumpelt mich, und mit einer ganz unerwarteten Klarheit sagt er: »Nicht ins Krankenhaus, Schwesterherz, das wird nicht passieren, auf gar keinen Fall.« Krankenhaus bedeutet Anzeige und Bericht, Polizei, Sozialarbeiter, Bürokratie und Strapazen, das alles hält ihn nur vom nächsten Schuss ab, und das ist das einzig wirklich Wichtige in seinem Leben. Er löst den Griff um mein Handgelenk, er weiß, dass ich längst eingesehen habe, dass ich keine Chance habe, dass sein Bedürfnis alles überwinden wird, auch mich, und seine Augen sind wieder so weich und hell wie Wasser.

Meine Hände zittern, ich hole mein Handy aus der Tasche und rufe Køster an. Ich hoffe inständig, dass er noch nicht in sein Leben in der Vorstadt abgetaucht ist, aber er geht nicht ran, und ich muss mich damit zufriedengeben, ihm eine stotternde Nachricht auf die Mailbox zu sprechen: »Ruf mich sofort zurück, das mit Sixten ist total schiefgelaufen … total schiefgelaufen.«

Sixten hat die Augen geschlossen, sein großes Gesicht ist noch blasser als sonst, ich zögere einen Moment, dann wähle ich eine andere Nummer und warte, das Telefon fest ans Ohr gepresst, ein Klingelzeichen nach dem anderen, bis es plötzlich klick macht und ich wirklich seine Stimme höre, heiser und verschlafen.

»Hallo?«

»Störe ich dich?«

Eine ziemlich dämliche Frage, wenn man Leute nachts um halb drei anruft und sie eindeutig geweckt hat, trotzdem antwortet er mit: »Nein, natürlich nicht, liebe Elvira«, und mein dummes Herz beginnt sofort, wie wild zu klopfen. »Was kann ich für dich tun?«, fragt er mit seiner wunderbaren, freundlichen Stimme, die sich nach Zuhause anhört, nach Klavierspiel und geordneten Verhältnissen und altmodischen Tugenden, und für einen kurzen Augenblick verfluche ich Sixten, der auf meinem Sofa liegt und immer so viel Platz einnimmt.

»Mein Bruder, er hat sich am Finger verletzt und blutet ziemlich doll, ich glaube, er muss zum Arzt, um die Blutung zu stoppen und die Wunde zu reinigen, aber er will nicht in die Notaufnahme.«

»Aha.«

Mehr sagt *der Lappen* nicht, dann ist es so lange still, bis ich anfange zu vermuten, dass er einfach nichts mit meinem Leben zu tun haben will, das ein einziges erbärmliches Chaos ist, warum sollte er auch, aber dann höre ich seine Stimme wieder.

»Seid ihr bei dir zu Hause?« Dann sagt er meine

Adresse auf, die ich ihm nicht gegeben habe, er muss sie selbst herausgefunden haben, und zwar bevor ich ihn mitten in der Nacht angerufen und aufgeweckt habe, und das könnte mir Angst machen, aber das tut es nicht, überhaupt nicht.

»Ja, da sind wir.«

»Wartet dort auf mich, ich komme, so schnell ich kann.«

Kurz darauf sitze ich neben ihm in seinem hellblauen Mercedes, ein älteres Modell, sehr gut erhalten, mit breiten hellbraunen Ledersitzen. Die Lichter der Stadt gleiten in bunten Streifen vorbei, ich betrachte heimlich sein Profil von der Seite, wie er die Fassung bewahrt und freundlich ist und so tut, als wäre die Situation vollkommen normal. Dann drehe ich mich nach hinten zu Sixten, der auf dem Rücksitz liegt, nur noch halb bei Bewusstsein, ich habe ihm ein Handtuch um die Hand gewickelt, damit er keine Flecken macht.

Der Lappen räuspert sich. »Es ist nicht mehr weit«, sagt er. »Wie geht es deinem Bruder?«

»Er wird schon zurechtkommen«, sage ich, »Sixten kommt immer zurecht.« Ich zwinge mich zu einem Lächeln.

Wir fahren aus der Stadt raus, Richtung Norden, es ist nebelig, und aus dem Radio kommt leise klassische Musik, Streicher. Es fühlt sich an, als wären wir die letzten drei Menschen auf der Erde, bis wir von einem Porsche überholt werden, der mit lautem Gebrüll und zwei roten Rücklichtern in der wattigen grauen Dunkelheit verschwindet. *Der Lappen* hält in Gentofte vor einem großen weißen Haus, es ist eine dieser Villen, in denen in Filmen immer die Leute mit viel Geld wohnen. Wir hieven Sixten aus dem Auto, und er schleppt sich, auf uns gestützt, wie ein verletzter Außerirdischer über den nächtlichen Kiesweg.

Als wir die Hälfte der Strecke bis zur Eingangstür geschafft haben, wird diese von einer älteren, sehr großen Frau geöffnet. Eine Freundin, hatte *der Lappen* gesagt. Sie ist mager, fast so dünn wie ein Junkie. Alles an ihr ist sauber und unmissverständlich, die hellblaue Bluse, die kleine Lesebrille auf der Nase, der weiße Dutt auf ihrem Kopf. Nichts deutet darauf hin, dass auch sie mitten in der Nacht geweckt worden ist. Sie sagt kein Wort, mustert uns nur eindringlich, zuerst Sixten, dann mich, zum Schluss nickt sie *dem Lappen* zu, tritt einen Schritt zur Seite und lässt uns eintreten.

»Hier entlang.«

Der Lappen flüstert mir zu, dass sie Benedicte Berg heißt, pensionierte Ärztin ist und eine gute Kundin von ihm, außerdem war sie die beste Freundin seiner Mutter. Wir folgen ihr, über Parkettböden und echte Orientteppiche, vorbei an einer Reihe von auserlesenen Antiquitäten, wie ich annehme, einem Sekretär aus dunklem glänzendem Holz, Vasen aus hauchdünnem, weiß und blau gemustertem Porzellan, Kristall in Glasvitrinen. Es ist so ein Ort, der mir Angst einjagt, eine falsche Bewegung zu machen, hier fühle ich mich noch überdimensionierter, verkehrter, fetter, noch mehr fehl am Platz als sonst, aber gleichzeitig löst er auch eine wilde Lust aus, genau das zu sein und fröhlich die Dinge zu zerdeppern. Aber ich ermahne mich, dass wir hier sind, weil wir Hilfe brauchen.

In einem Zimmer am Ende des Flurs zeigt Benedicte Berg auf eine Liege, auf die wir Sixten legen. Adrett nimmt sie neben ihm Platz und wickelt das Handtuch und die Bandage von seinem Finger. Sixten hat seinen Kopf weggedreht, und ich halte seine andere Hand fest, während ich der Ärztin dabei zusehe, wie sie die Wunde zuerst oberflächlich säubert, Sixten dann eine lokale Betäubung gibt, danach die Wunde gründlich reinigt und sie mit vielen winzigen Stichen zunäht. Dabei gibt sie *dem Lappen* mit gedämpfter Stimme Anweisungen und erteilt Aufgaben, und er holt alle benötigten Materialien.

»Wie lange ist Ihr Bruder schon drogenabhängig?« Sie fragt mich, ohne den Blick von ihrer Arbeit zu nehmen, ich spüre so etwas wie Scham, aber sie nickt nur, während ich ihr antworte, dann fragt sie mich, ob ich weiß, wann er das letzte Mal gefixt hat. Bei dieser Frage erwacht Sixten aus seinem Dämmerzustand, natürlich, und versucht, sich mit seinem etwas angeschlagenen Charme ein paar Opiate zu erbetteln. Ich will etwas sagen, ihn ausschimpfen oder mich zumindest für ihn und sein Verhalten entschuldigen, aber da sehe ich den milden Blick hinter der Lesebrille. Sie nickt und verspricht, ihm neben Antibiotika auch etwas gegen Wundstarrkrampf, eine solide Dosis Schmerzmittel und ein gewisses Extra zu verabreichen, sie zwinkert meinem Bruder sogar zu, und er grinst albern zurück. Ich sehe ungläubig vom einen zum anderen, beobachte, wie diese lebende, fingerlose Leiche mit der alten Frau flirtet. Da klingelt zum Glück mein Telefon, ich sehe Køsters Nummer auf dem Display, endlich, und lasse Sixtens Hand los. Ich beschreibe Køster, was passiert ist, und gebe ihm die Adresse der pensionierten Ärztin, *der Lappen* sitzt auf einem Stuhl in der Ecke, gefasst und freundlich, der Anblick versetzt meinem kleinen harten Herzen einen Stich.

Ich kann Køster sofort ansehen, dass er das alles nicht gut findet, er wirkt hoch alarmiert. Die Luft um ihn herum zittert förmlich vor nervöser Energie, obwohl er sich beherrscht und sein sympathischstes Bullenlächeln aufsetzt, während er der Ärztin und *dem Lappen* die Hand schüttelt. Ich höre, wie er erzählt, dass Sixten und er alte Bekannte sind, Bekannte, nicht Freunde, das hat er tatsächlich so gesagt, dann bedankt er sich für die Hilfe, entschuldigt sich mit Ausdrücken wie »Was für ein Durcheinander« und »Es tut mir aufrichtig leid«, während er dabei Sixten freundlich auf die Schulter schlägt und ihn »Mein alter Junge« nennt. Sixtens Blick ist ein bisschen vernebelt von dem sanften Rausch, der wird aber nur von kurzer Dauer sein, und das weiß er sehr wohl, darum rafft er sich auf, verbeugt sich in Zeitlupe vor seiner Helferin und küsst ihre knochige Hand.

Als ich Sixten in Begleitung von Køster zum Auto bringe, haben wir einen kurzen Moment allein. Køster sieht mich an, er lächelt nach wie vor und hebt auch seine Stimme nicht.

»Elvira, was hast du gemacht?«

Ich weiß genau, dass ich gegen unseren Kodex verstoßen, die grundlegenden Regeln missachtet habe, weil *der Lappen* und vor allem Benedicte Berg jetzt Sixten kennen. Nun haben sie was gegen uns in der Hand, vor allem gegen Køster, und können uns schaden. Von der Polizei wird erwartet, dass sie gegen Kriminalität vorgeht, vor allem wenn sie mit abgeschnittenen Fingern einhergeht, und sie nicht deckt.

»Tschuldige«, piepse ich, obwohl ich weiß, dass da keine Entschuldigung reicht und keine Erklärung greift. »Ich habe Panik bekommen«, sage ich und senke den Kopf, »du bist nicht ans Telefon gegangen, ich wusste nicht, was ich tun soll, Køster, ich hatte solche Angst, dass er stirbt.« Er hat Sixten auf den Rücksitz seines schwarzen Multivans geschoben, mein Zwillingsbruder lehnt sich mit einem idiotischen Grinsen und halb geschlossenen Augen gegen einen Kindersitz, seine Hände liegen im Schoß, die rechte mit dem neuen Verband obenauf, er leuchtet im Dunkeln. »Ich weiß, Køster, das ist unverzeihlich, ich habe überhaupt nicht nachgedacht, ich hätte …«

»Schhh.«

Er nimmt mein Kinn in die Hand und dreht es zu sich, ich bin gezwungen, ihm in die Augen zu sehen, wie in so einer beschissenen romantischen Komödie, genau die Sorte Film, die ich hasse.

»Es ist okay, Elvira, ich kenne dich, mein kleines

Schätzchen, ich weiß doch, dass du dir nichts dabei gedacht hast, und …«, er sieht mir die ganze Zeit in die Augen, »… ich weiß, dass so etwas nie wieder passieren wird.«

Ich nicke, um zu zeigen, dass wir da ganz einer Meinung sind.

»Niemals.«

Dann zieht er mich zu sich und umarmt mich, ich bohre mein Gesicht in seine Brust, so stehen wir eine ganze Weile, bis er mich loslässt. Er setzt sich ans Steuer, lehnt sich über den Beifahrersitz und öffnet die Tür, ich gehe ums Auto herum und ertappe mich bei dem Gedanken, was für eine Größe es Køster abverlangt haben muss, so eine wie mich »kleines Schätzchen« zu nennen, und das im Brustton der Überzeugung. Ich bleibe trotzdem an der geöffneten Wagentür stehen.

»Ich bleibe hier.«

Er sieht mich an, als hätte ich etwas Dummes gesagt oder als hätte er mich nicht richtig verstanden, ich kann seinen Gesichtsausdruck nicht anders als mit »doof« beschreiben, ein Wort, das ich normalerweise nicht mit Køster verbinde. Als ihm klar wird, dass ich tatsächlich nicht einsteige, wechselt sein Gesichtsausdruck, seine grünen Augen sehen mich so durchdringend an, dass ich Lust habe, meine Meinung zu ändern, mich einfach auf den Beifahrersitz zu setzen, in seiner Nähe zu sein, unter seinem Schutz, und meinen Kopf an seine Schulter zu lehnen, während wir durch die Nacht cruisen, er, Sixten und ich, so wie immer. Aber. Ich kann nicht gehen und *den Lappen* zurücklassen. Darum fange ich an, drauflos zu sabbeln.

»Also, ich bleibe, weil ich muss mich noch eben von denen da drin verabschieden«, ich nicke zum Haus der Ärztin. »Verstehst du? Danke sagen und so was, ich glaube, das ist echt besser, er ist ja auch ein Kunde von uns …«

Køster unterbricht mich mit einer ungeduldigen Handbewegung und justiert mit der anderen Hand den Rückspiegel, dann sieht er mich an. »Du tust, was du für richtig hältst, Elvira«, sagt er und macht den Motor an. Ich bleibe allein zurück, die Worte »bis bald« stecken mir noch im Hals, und schon wieder habe ich dieses Gefühl, dass die Welt schief hängt.

Langsam gehe ich den Kiesweg entlang, der zu der geschlossenen Eingangstür führt. Vielleicht wäre es doch das Beste, einfach umzudrehen und allein in den Nordwesten der Stadt zu fahren, denn das bin ich, allein. Aber irgendetwas schiebt mich auf die Tür zu, ein Kribbeln im Bauch, ich öffne die Tür und sehe ihn mit der Ärztin zusammenstehen, sie unterhalten sich flüsternd. Bis er mich entdeckt. Es ist nicht so, dass er übers ganze Gesicht strahlt, so nicht, aber es tut sich etwas in ihm, ein klitzekleines, kaum sichtbares Etwas, da bin ich mir ganz sicher. Ich bleibe in der Tür stehen und warte, bis sie ihre Unterhaltung beendet haben. Kurz bevor wir gehen, strecke ich Benedicte Berg die Hand hin und bedanke mich. »Tausend, tausend Dank, ich weiß nicht, was ich ohne

Ihre Hilfe gemacht hätte, er wollte auf keinen Fall in die Notaufnahme.«

Ihr Händedruck ist kräftig, sie nickt, ihr Gesichtsausdruck ist ernst. »Das ist kein leichtes Leben«, sagt sie und legt ihre zweite Hand auf meine, sie sieht mich an und hält meine Hand in ihren Händen geborgen, für einen langen Augenblick, dann lässt sie meine Hand los und wendet sich an *den Lappen*. »Jetzt würde ich mich gerne ausruhen.«

Der Lappen nickt, er hat seine Jacke angezogen und hält mir die Tür auf. Wir sagen kein Wort, der Kies knirscht unter unseren Schuhen, es ist früh am Morgen und noch dunkel.

»Wollen wir am Wasser entlang zurück in die Stadt fahren?«

Das ist ein Umweg, und ich nicke, *der Lappen* biegt auf den Strandvejen ab, wo ein feiner Lichtstreifen am Horizont verkündet, dass die Sonne bald über dem Øresund aufgehen wird. Wir fahren an dem dunklen Wasser entlang, das man nicht sehen, nur spüren kann, und ich weiß nicht, was die Stille zwischen uns bedeutet, ob sie etwas bedeutet. Erst als wir an meiner Wohnung anhalten, sieht er zu mir rüber und lächelt, verhalten, vielleicht sogar entschuldigend, vielleicht soll das Lächeln die Zurückweisung abschwächen, die jetzt unweigerlich folgen muss. Ich will sie gar nicht hören, darum schnalle ich mich ab und komme ihm zuvor. Ich bedanke mich sehr für seine Hilfe, er hätte das nicht mir zuliebe machen müssen, und ich könnte es gut verstehen, wenn er darauf keine Lust gehabt hätte. Ich hole Luft, auch um ihn noch einmal anzusehen, dann drehe ich den Kopf weg und fahre fort.

»Aber Sixten ist mein Bruder, er wird immer ein Teil meines Lebens sein, wir haben nur uns, uns beide, und dazu gehört auch Køster, so ist das einfach ...«

Da spüre ich seine Hand, die er ganz sanft auf meinen Oberschenkel legt, und verstumme auf der Stelle.

»Ich verstehe das alles sehr gut«, sagt er. »Ich finde es großartig, Elvira, dass du dir solche Sorgen um ihn machst, ich habe mir auch immer Geschwister gewünscht.« Schweigend bleiben wir so sitzen, mit seiner Hand auf meinem Oberschenkel, bis ich finde, dass ich gehen muss.

»Okay, also ich muss dann mal ...« Henry nickt und lächelt, zieht seine Hand weg, ich öffne die Beifahrertür, es wird langsam hell, die Vögel fangen schon an zu zwitschern, in ein paar Stunden muss ich zu HOPLA. Mitten in der Bewegung halte ich inne und drehe mich zu ihm. Zu Henry.

»Denn du willst wahrscheinlich nicht mit hochkommen?«

10.

Als ich das Licht einschalte, zeigt es die Wohnung, wie sie auf ihn wirken muss, das viel zu kleine Wohnzimmer mit den Möbeln aus weißem Furnierholz, die im Laufe der Jahre vergilbt sind, die Spinnweben in den Ecken. Sogar Mamas Decke mit ihren naiven, optimistischen Farben hängt schlapp und resigniert über der Stuhllehne. Aber dann. Dann nimmt Henry mein Kinn in seine Hand, und sein Blick verrät mir, dass es ganz und gar nicht so ist. Wir schließen die Augen, synchron, während unsere Gesichter sich nähern, sich dann wie in Zeitlupe zur Seite neigen, bis sie den perfekten Winkel haben. Und dann küssen wir uns, zuerst ganz vorsichtig. Und dann, als würde man in den anderen eintauchen, sich in das warme rote Dunkel fallen lassen können. Ohne ein Wort zu sagen, gehen wir ins Schlafzimmer und ziehen uns aus. Ich habe noch zwei Stunden, bis ich bei HOPLA sein muss.

Zwei Stunden sind nichts. Aber sie reichen, um sein Herz zu verlieren. Hinterher liegen wir nebeneinander in meinem Bett. Seine Brille liegt auf meinem Nachttisch. Seine Hände auf meiner Haut, diese Hände machen meine Haut zum Kostbarsten auf der

Welt, weich, warm und lebendig, sie besteht aus Millionen von Sensoren, von denen ich nichts geahnt habe und die jede noch so kleine Berührung registrieren. Die Haut erzittert, weil so viel Leuchtendes und Lebendiges durch sie hindurchdringt. Aber. Leider. Es ist kurz vor HOPLA, trotzdem schenke ich mir die Zeit, ihm beim Atmen zuzusehen, dabei, wie sich sein warmer Brustkorb hebt und senkt. Ich kenne seinen Körper, dieses Wissen gehört jetzt mir. Egal was passiert.

»Ich muss los.«

Ich beschließe, *die Blondine* bei HOPLA auf den großen Auftritt schon mal ein wenig vorzubereiten. Wenn nicht heute, wann dann? Solange ich dieses brummende Glück in mir spüre, solange mein Körper noch verwandelt und nicht nur ein hässliches, unbenutzbares Stück Fleisch ist, solange das Licht in meiner Brust und dort unten lebt und mir aus den Augen strahlt und die Welt in bunten Farben zeichnet. Ich setze Kaffee auf und haue mir einen Stapel Toast mit Nutella rein, während die Maschine vor sich hin gurgelt und sich der Duft im Wohnzimmer ausbreitet, das wie in Gold getaucht wirkt, denn die Sonne scheint seit Wochen zum ersten Mal, kein Wunder. Aus dem Badezimmer höre ich das Rauschen der Dusche, ich klopfe an die Tür und verabschiede mich von Henry, bevor ich mit kleinen, leichten Schritten zur Bushaltestelle gehe und der Welt mein Lächeln schenke, auch wenn sie es nicht erwidert, sondern nur die fette, grinsende Kuh sieht, was bildet die sich eigentlich ein? Aber das ist der fetten Kuh so was von mit Anlauf egal. Ich lächle und bereite mich auf mein Tagwerk vor und schiebe mich durch den Bus auf einen der hinteren Plätze.

Die Blondine erwidert mein Lächeln und begrüßt mich herzlich, kann sich sogar an meinen Namen erinnern. Sie sitzt an ihrem Pult und liest ein paar Unterlagen durch, während sie sich die Hände an einer Tasse Tee wärmt, der bitter und krautig riecht. Wir sind noch allein im Raum, ich bin früh dran. Ich setze mich auf meinen Stammplatz in der letzten Reihe. Da höre ich das Kratzen ihres Stuhls auf dem Boden, und kurz danach steht sie vor mir.

»Wie geht es dir?«

Ich unterdrücke auch den kleinsten Anflug eines Lächelns, zucke mit den Schultern, setze den Aquariumsblick auf, senke dann den Kopf und piepse:

»Nicht so gut.« Ich spüre ihre Augen auf mir.

»Warum denn nicht? Was ist los?«

Ich schüttle den Kopf, sehe aber nicht hoch, tue so, als würde ich nach Worten suchen. »Ich weiß nicht …« Ich hebe den Kopf, überprüfe, wie viel Zeit mir noch bleibt.

Ihr Blick ist prüfend, ich sehe sogar Mitgefühl und vor allem noch keine Ungeduld.

»Du darfst es aber niemandem sagen …«

Sie schüttelt eifrig den Kopf, obwohl wir natürlich beide wissen, dass sie dieses Versprechen nicht einhalten wird, und das ist ja auch gar nicht beabsichtigt. Ich knete meine Hände, wackele mit den Beinen unterm Tisch. Als ich endlich wieder den Mund öffne, ist meine Stimme nur ein undeutliches Flüstern, *die Blondine* muss sich weit zu mir herunterbeugen, um mich verstehen zu können.

»Das ist. Weil. Ich schaffe es einfach nicht. Morgens. Ich komme einfach nicht raus.«

»Du kommst nicht raus?«

Sie runzelt die Augenbrauen und sieht mich fragend an, ich gebe alles, um auszusehen, als wäre ich den Tränen nahe, schluchze und verberge mein Gesicht hinter meinen Händen. Nach ein paar Schniefern schiele ich zwischen meinen Fingern hindurch. Sie hat ihren Blick abgewendet, ist mit den Gedanken ganz woanders, wahrscheinlich geht sie den Unterrichtsablauf durch, oder ihr ist gerade eingefallen, was sie später noch einkaufen muss, auf jeden Fall ist es unverkennbar, dass sie das Interesse an mir verloren hat. Die Tür zum Klassenzimmer geht auf, der Raum füllt sich mit Stimmen und Körpern. Ich sehe ein paar Kopftuchträgerinnen mit ihren Lidl-Tüten und gefakten Markentaschen, schniefe noch einmal, wische mir über die Augen und wackle mit dem Kopf, das Ich-bin-bereit-mich-den-Herausforderungen-des-Tages-zu-stellen-Zeichen. *Die Blondine* sieht abwechselnd zu mir und den hereinströmenden Teilnehmerinnen.

»Lass uns später weiterreden.«

Sie drückt mit der Hand meine Schulter und kehrt dann zurück an ihr Pult, ich nicke und lächle dankbar und, hoffentlich, tapfer. Das Timing hätte nicht besser sein können, ich habe die ersten Samen meines Erfolges gesät.

»Warum grinst du heute so hammerfroh, Schätzchen? Biste gebumst worden?« *Das Kätzchentattoo* hat sich wieder neben mich gesetzt, und ich muss mich wegdrehen, um mein Grinsen zu verbergen, ich ermahne mich, »verdammt, Elvira, reiß dich zusammen!«, aber sie durchschaut mich, obwohl ich das nicht laut gesagt habe.

»Und wie du gebumst wurdest!«

Sie bricht in schallendes Gelächter aus. Ich sehe *die Blondine* glücklicherweise in ein Gespräch mit einer kleinen Frau mit langen grauen, geflochtenen Zöpfen vertieft, die unter Zwangsvorstellungen leidet. *Das Kätzchentattoo* bohrt mir ihren Ellenbogen in die Seite, ich kann das Kichern nicht unterdrücken, sie lehnt sich zu mir rüber. »Wer ist es?«, will sie wissen. »Ein Neuer? Warst du schon wieder aus? Was aufreißen?« Ich weiß nicht, was ich sagen soll, kann nur dämlich lächeln. »Oha, du bist hart rangenommen worden«, sagt sie und schüttelt den Kopf, »das muss verdammt gut gewesen sein.« Sie zieht zufrieden die Nase hoch und lehnt sich zurück, sie lächelt, und das tut sie den ganzen restlichen Tag, jedes Mal, wenn sich unsere Blicke begegnen.

Ich schwebe nach Hause, bin so müde, dass alles ineinanderfließt, Geräusche, Farben, im Bus sinkt mein Kopf auf meine Brust, die Augen fallen zu, ich wache eine Station vor meiner Haltestelle mit einem Ruck auf. Nichts, weder meine Müdigkeit noch mein knurrender Magen noch die Sorgen, die ich mir mache, weil Sixten nicht ans Telefon geht, können mir das Lächeln aus dem Gesicht wischen, das wie festgeklebt ist, oder das Knistern in meinem Herzen zum Verstummen bringen. Auf dem Nachhauseweg mache ich einen Großeinkauf bei Netto, werfe einfach alles in den Wagen, Schokolade, Brot, Kekse, Chips, Softdrinks, Milch, Tiefkühlgerichte. Meine Wohnung ist leer. Aber Henry hat das Bett gemacht. Er hat mein Kopfkissen aufgeschüttelt, die Bettdecke glatt gestrichen und die gehäkelte Decke darübergelegt. Ich kann meinen Blick kaum vom Bett losreißen, gleichzeitig halte ich es aber auch fast nicht aus, darum gehe ich in die Küche und sehe, dass er auch dort aufgeräumt und sogar abgewaschen hat. Ich bin drauf und dran zu heulen, lege mich stattdessen aufs Bett und schnuppere am Kopfkissen, das nach ihm riecht.

Als ich etwas später unter der Dusche stehe und mich einseife, versuche ich, das alles zu begreifen. Wie sich das alles, was ich bin, mein Körper, meine Haut, mein Herz, so verändert hat. Sofort meldet sich wieder ein Schluchzer in meiner Brust, aber den unterdrücke ich, so kann das nicht weitergehen. Ich trockne mich ab und werfe meinem Spiegelbild einen strengen Blick zu. Ich weiß nicht, ob ich dieser Größenordnung an Risiko gewachsen bin, ob ich es aushalte, so zerbrechlich und empfindlich und voller Kribbeln und innerem Leuchten zu sein. Ob ich es schaffe, dieses Lächeln auf lange Sicht zu halten. Ich schiebe vier Croque-Monsieur in den Ofen, die ich auf dem Sofa essen werde und dabei einen meiner Lieblingsfilme sehen will. Bei dem Duft aus der Küche zieht sich mein Magen klagend zusammen, er ist lange genug missachtet worden, und ich habe den ersten Bissen aus geschmolzenem Käse, knusprigem Baguette und warmem Schinken im Mund, als mein Handy vibriert. Der Anrufer ist unbekannt, vielleicht ist er es, Henry, was aus den Vibrationen innere elektrische Stöße macht.

»Hallo?«

»Schwesterherz? Hier ist der Fingerlose.« Ich bin enttäuscht, als ich Sixtens Stimme erkenne, und dann tut mir das sofort leid. Seine Stimme ist dunkel und schnarrend, sein letzter Schuss kann nicht so lange her sein.

»Hallo, Fingerloser.«

Vielleicht klinge ich genervt, vielleicht ist meine Stimme auch nur von den vielen Schluchzern und unterdrückten Tränen ganz rostig geworden, auf jeden Fall fragt er mich, zum ersten Mal in seinem Leben, ob er mich gerade stört. Ich reiße mich zusammen und sage ihm, dass er das natürlich nicht tut, und frage, wo er ist.

»Bei einem Freund.«

Er klingt geheimnisvoll, als würde er großen Spaß haben, als würde jemand neben ihm stehen und zuhören. Ich frage, wie es seiner Hand geht und was mit den Geldschulden ist und ob er okay ist. Ob Køster sich darum gekümmert hat.

»Ja, mach dir keine Sorgen. Es ist alles unter Kontrolle.«

»Bist du bei Køster?«

»Nein, der ist bei der Arbeit.«

Ich will mich vergewissern, dass da nichts zwischen uns steht, aber das muss ich später machen. »Okay, prima. Gibt es sonst noch was?«, frage ich, weil ich es gewohnt bin, dass Sixten nur anruft, wenn er Hilfe braucht.

»Ich wollte mich nur bei dir bedanken. Für gestern.«

Er muss sich doch nicht bei mir bedanken, erwidere ich sofort, aber er unterbricht mich.

»Es ist bestimmt nicht leicht für dich, mich so zu sehen. Das weiß ich. Und das wird aufhören, ich verspreche es dir.«

Ich kenne diese leeren Junkieversprechen, trotzdem zwinge ich mich zu einem Nicken, weil seine Stimme anders klingt und ich ihm glauben will.

»Alles in Ordnung, Sixten, pass bitte nur gut auf dich auf.«

Das verspricht er auch, obwohl er ausgerechnet dieses Versprechen noch nie hat einhalten können.

»Du musst mal wieder vorbeikommen.« Auch das verspricht er, und dann legen wir auf. In zwei Stunden habe ich Schicht, ich lehne mich nach hinten und schließe die Augen.

11.

Dieses Mal habe ich ihn eingeladen. Zum Essen am Samstagabend, so wie es die anderen, die richtigen Leute machen. Aber ich koche nicht, sage ich am Telefon und höre sehr deutlich die fundamentale Abweichung der gängigen Essenseinladung, sofort bereue ich meinen Versuch, eine andere zu sein, als ich bin. Aber *der Lappen*, nein, Henry antwortet mit seiner angenehmen, sanften Stimme, dass alles perfekt ist, denn er liebt es zu kochen und übernimmt diesen Part sehr gerne. Obwohl ich Nachtschicht hatte, stehe ich früh auf, um aufzuräumen, zu lüften, zu putzen und zu schrubben, damit meine Anderthalb-Zimmer-Bude so annehmlich wie möglich aussieht, zumindest duftet sie so gut wie schon lange nicht mehr. Meine Füße bekommen das große Programm und einen sehr dunkelroten, fast schwarzen Lack mit dem Namen »Vamp«, ich lege sogar ein bisschen Mascara und Lidschatten auf, benutze das Parfum von Køster und ziehe ein schwarzes, luftiges Kleid an, das ich mal irgendwo beim Räumungsverkauf erstanden habe, als alles siebzig Prozent billiger war. Bisher hat es noch keine Gelegenheit gegeben, es anzuziehen. Henry fährt am späten Nachmittag mit seinem hellblauen

Mercedes voller Einkaufstüten vor und übernimmt meine Küche.

Er packt seine Sachen aus und macht sich sofort ans Werk, aus meiner Kochecke wird eine richtige Küche, mit Düften und Geräuschen vom Herd, warmen Schwaden aus dem Ofen, Gemüseschalen in der Spüle, einem Messer auf dem Schneidebrett und dem schnellen Rhythmus seiner arbeitenden Hände. Ich sitze am Klapptisch und kann mich an ihm nicht sattsehen. Er bewegt sich ganz anders in meiner Wohnung, viel sicherer, mit geradem Rücken, sein Blick ist konzentriert und gesammelt, das Taschentuch bleibt die ganze Zeit in der Jacke. Ab und zu kommt er zu mir an den Tisch und bittet mich, grüne Blätter zwischen den Fingern zu zerreiben und daran zu riechen, »Salbei«, flüstert er mir ins Ohr, oder er bringt mir kleine Kostproben, ein Stück dunkelroten, marmorierten Schinken oder eine Scheibe weißen Weichkäse. Dabei vergisst er nicht, mein Glas aufzufüllen, während seine Lippen kurz die meinen streifen, wobei sich meine automatisch öffnen und ich mich mit jeder Zelle meines Körpers zu ihm hingezogen fühle, er dann aber mit einem fast unsichtbaren Lächeln an den Herd zurückkehrt und Deckel von Töpfen nimmt. Vielleicht ziehen wir uns wieder aus, nach dem Essen. Aber dieses Mal will ich ihm dabei zusehen, seinen Bewegungen folgen, den schlanken Händen, wenn sie das Hemd aufknöpfen, die helle, glatte Haut darunter sehen. Vielleicht will er ja auch mir dabei zusehen.

Nach dem ersten Gang, große, weiche Ravioli, gefüllt mit Ricotta und Artischocken und in Salbeibutter geschwenkt, die ich so langsam wie möglich zu essen versuche, weil sie so gut schmecken, was ich ihm auch sage – nach dem ersten Gang lehnt sich Henry über den Tisch.

»Ich kann dir beibringen, wie man die macht. Das ist gar nicht so schwer.« Er hat seine Hand auf meine gelegt. Ich bleibe stumm.

»Wie kommt es eigentlich, dass du nicht gerne kochst? Ich glaube, du könntest das sehr gut, und ich würde dir das wahnsinnig gerne beibringen …« Mit einem Ruck ziehe ich die Hand weg, er zuckt zusammen.

»Entschuldige, das geht mich nichts an.«

Er runzelt die Stirn, hat den Blick gesenkt, starrt auf den Teller vor sich. Die Stimmung ist gekippt, hat sich verdunkelt, ich kann ihm nicht ins Gesicht sehen, darum springe ich wie eine Dramaqueen vom Stuhl, aber weil man in meiner scheißwinzigen Bude nirgendwohin kann, stürze ich ins Schlafzimmer, schlage die Tür hinter mir zu und vergrabe mein Gesicht im Kissen, damit es die Laute erstickt, die in mir aufsteigen. Wie bei einem Wal, der seine Gesänge in einem weiten, leeren Ozean von sich gibt, arbeiten sich die Schluchzer in mir hoch, ich beiße in den Bezug, bis ich langsam wieder zur Ruhe komme. Es ist ganz still. Er ist wahrscheinlich gegangen. Das würde jeder tun. Ich hebe den Kopf aus dem nassen Kissen und lausche. Höre ein schwaches Klappern von Tellern im Wohnzimmer und Schritte auf dem Boden. Auf dem Kissen sind schwarze Mascarastreifen. Er ist noch da. Ich schließe die Augen und presse mein Gesicht zurück ins Kissen, da höre ich die Schritte näher kommen, die Tür wird geöffnet. Ich liege mucksmäuschenstill, spüre das Gewicht seines Körpers, als er sich neben mich legt. Er berührt mich nicht, sagt nichts, er liegt nur still neben mir, ich höre unsere Atemzüge. Ohne ihn anzusehen, den Blick zur Wand, fange ich an zu erzählen.

Nach dem ersten Satz kommt der Rest von ganz allein. Als hätte es immer rausgewollt. Ich erzähle von unserem geheimen Spiel, bei dem ich zu Papas kleiner Frau wurde. Dass ich damals aufhörte, Essen zu kochen. Und immer geglaubt habe, dass gerade mein Kochen Papa so durcheinandergebracht haben musste. Und wenn ich nie wieder koche, wird es auch nie wieder passieren.

Am Tag danach ging es Papa viel besser. Nicht nur physisch hatte er sich verändert, weil er sich rasiert, geduscht und frische Sachen angezogen hatte. Auch der Geruch, der ihn wie eine schwere, dunkle Decke umgeben hatte, war verflogen und genauso die bedrückende Stimmung, die Trauer und Verzweiflung, mit der unser Haus verhüllt gewesen war. Er stand vor uns auf, ich wurde vom Radio in der Küche wach. Sixten schlief noch, ich stand auf, zog mich an und schlich nach unten, blieb dann im Flur stehen und beobachtete ihn, wie er über die Zeitung gebeugt dastand und nebenbei Wasser in den Kaffeefilter goss.

Er sah so friedlich aus, als wäre nichts geschehen. Als er mich entdeckte, lächelte er und sagte: »Guten Morgen! Hast du gut geschlafen? Hol deinen Bruder, es gibt Frühstück.« Er war zum Bäcker gegangen und hatte Brötchen geholt, ich stand wie gelähmt im Flur, er musste es wiederholen: »Hol Sixten, es gibt Frühstück.«

Sixten war auch schon aufgewacht, als ich in sein Zimmer kam, er saß im Bett und sah mich an.

»Du sollst aufstehen. Er hat Frühstück gemacht.«

»In echt?«

Kurz darauf saßen wir alle am Frühstückstisch, Sixten aß ein Brötchen mit Butter und Schokoplättchen und trank dazu fettarme Milch, und Papa, der Zeitung las und mich über die Seiten hinweg ansah, sagte: »Jetzt nimm dir doch ein Brötchen, hast du gar keinen Hunger?« Er wollte wissen, wozu wir Lust hatten, denn wir sollten wieder vor die Tür kommen, es sei doch jetzt an der Zeit, oder nicht? Er legte die Zeitung beiseite, räusperte sich und sah uns mit einer feierlichen Miene an. »Ich war nicht der Vater für euch, der ich hätte sein sollen.« Er wischte sich mit dem Hemdsärmel eine Träne aus dem Augenwinkel, seine Stimme bebte, Sixten starrte ihn sprachlos an. »Aber damit«, sagte Papa, »damit ist jetzt Schluss, das Leben geht doch weiter, wir werden Mama immer vermissen, aber wir drei, wir müssen zusammenhalten.« Sixten stand auf und kletterte auf Papas Schoß wie ein zu groß gewordener Hundewelpe mit viel zu langen Beinen, und Papa lächelte, sah mich an und drückte Sixten an sich. Dann hob er den anderen Arm und signalisierte mir, dass ich dazukommen sollte, es gab keinen Ausweg, also lehnte ich mich unbeholfen an die beiden, Papas Arm lag schwer auf meinem Rücken, Sixtens Gesicht war ganz nah an meinem, und Papas Stimme tönte in unseren Ohren:

»Wir drei müssen jetzt zusammenhalten.«

So war das mit dem Frauchenspiel, ich erzähle Henry, dass es meinem Vater danach immer viel besser ging, als würde er wieder zu sich finden, zum Vater werden, er duschte sich, ging zur Arbeit, kaufte ein und machte Essen. Danach war es immer so, als hätte das im Schlafzimmer gar nicht stattgefunden. Besonders in den ersten beiden Tagen danach war er voller Optimismus und unternahm alles Mögliche, es wurde Unkraut gejätet, gestaubsaugt, der Wagen wurde gewaschen, wir machten eine Fahrradtour, gingen Eis essen oder backten Kuchen, wir gingen auf die Kirmes oder ins Kino, er war fröhlich, so fröhlich, legte immer wieder den Arm um uns und sagte Sachen wie: »Ach, wir drei kommen doch ganz gut zurecht.« Und dabei sah er uns fast flehend an, er wollte so gerne ein guter Vater sein. Auch die anderen Erwachsenen, in der Schule und bei uns in der Straße, sagten immer wieder, wie gut Herr Gregersen mit der Situation zurechtkommt, der arme Witwer, und dann mit zwei kleinen Kindern, da sollten wir froh und dankbar sein, denn leicht ist so etwas für so einen Mann bestimmt nicht. Und dann folgte immer eine lange Phase von Normalität, die sich fast so anfühlte wie früher. Und ich wurde richtig wütend auf mich, wie ich mir so etwas Abscheuliches und Abstoßendes ausdenken konnte, als würde Papa, der gute Vater und Witwer, so etwas tun können. Am Anfang waren die Zwischenräume sehr groß, und wenn mich Papa in dieser Zeit ansah, konnte man nicht einmal die Andeutung davon sehen, dass er wieder seine ganze Kraft verlieren und in das dunkle Loch tauchen würde, aus dem nur ich ihn retten konnte.

Ich erzähle Henry auch, dass wir aufgehört hatten, über meine Mutter zu sprechen, ich weiß gar nicht, warum, vielleicht konnte er es einfach nicht aushalten, es fühlte sich irgendwann so an, als wäre sie nie da gewesen, und mir fiel es immer schwerer, mich daran zu erinnern, wie sie ausgesehen hatte. Meine beiden Lieblingsfotos von ihr hingen in meinem Zimmer, auf dem einen ist sie noch ganz jung und hat Sixten und mich im Arm, wir sind winzig, ganz faltig, wir sehen schlecht gelaunt aus, wie das oft bei Säuglingen ist. Vielleicht ist sie mit uns gerade aus dem Krankenhaus gekommen, sie sieht aus wie ein großes Mädchen, sieht in die Kamera und lächelt. Auf dem Foto sieht sie so mutig, froh und lebendig aus. Das andere Foto ist von unseren letzten gemeinsamen Sommerferien, sie hat ihre Sonnenbrille in die Haare geschoben und ihren Arm um mich gelegt, ich lehne mich an sie und lächele mit halb geschlossenen Augen. Mama aber hat auf dieser Aufnahme den Kopf gesenkt. Sie sieht auf mich runter, und aus ihren Augen leuchtet die Liebe, zumindest habe ich das damals so gesehen.

Er bewegt sich neben mir. »Hast du die Fotos noch?«

Ich drehe mich zu ihm um und nicke. »Willst du sie sehen?«

Ich stehe auf und hole die Kiste mit den Fotos aus dem Regal im Wohnzimmer. Wir breiten sie alle zwischen uns auf dem Bett aus, rechteckige kleine Teile aus meiner Vergangenheit, Sixten und ich, weißblond, braun gebrannt, Geburtstagsflagge gehisst, im Planschbecken, Mama in einem türkisfarbenen Sommerkleid, Sixten und ich in einem Schaummeer in der Badewanne, Hand in Hand mit Schulranzen auf dem Rücken, ich sehe misstrauisch in die Kamera, habe Schleifen im Haar und Falten auf der Stirn, Sixten lächelt, sieht an der Kamera vorbei, hat seine Aufmerksamkeit schon einer anderen Sache geschenkt. Henry betrachtet das Foto von mir und meiner Mutter. »Du warst ein ernstes Kind«, sagt er, und das war ich auch. Ich nicke.

Ich habe kein Foto von meinem Vater, die Fotos, die ich hatte, habe ich alle vor vielen Jahren zerrissen und weggeworfen, ich habe ihn sogar aus Fotos herausgeschnitten, die ich aufheben wollte. Als hätte ich eine glückliche Kindheit gehabt, wenn man ihn nur daraus wegdachte. Ich brauche keine Fotos, um mich an ihn zu erinnern. Der Geruch seines Bieratems und seines Schweißes, das Gefühl, wenn er mit seinen großen Händen meine Beine auseinanderdrückte, sein Gesicht über mir im Dunkeln, während er stieß und bohrte. Seine Laute. Ich versuchte zu verschwinden, mich in nichts aufzulösen, in die Dunkelheit abzutauchen, damit ich nichts mehr mit dem Mädchen zu tun hatte, das unter seinem Körper lag und gefangen war.

Aber davor, davor war er ein Papa, der mich durch die Luft schwang, bis ich vor Freude schrie, seinen Arm um Mama legte und sie auf den Nacken küsste, der hinten im Garten für Sixten und mich Schatzsuchen veranstaltete. Wie konnte dieser Mann in demselben Körper leben wie jener, der im dunklen, abgeschlossenen Raum mit mir das Frauchenspiel spielen wollte? Ich erzähle Henry, dass wir beide so taten, als wäre er noch derselbe Papa wie früher, als wäre nichts passiert. Wir feierten den Alltag mit Brotboxen und Fußballtraining und Brötchen zum Sonntagsfrühstück, wir taten eben alles, was die Zeit zwischen den schwarzen Löchern füllte. Dann habe ich plötzlich keine Lust mehr auf die Fotos, auf meine beschissene Vergangenheit, und mit zitternden Händen sammle ich die Bilder ein und lege sie zurück in die Kiste.

Henry hat das Schlafzimmer verlassen, ich kann ihn in der Küche hören, und als ich die Kiste zurück ins Regal stelle, kommt er ins Wohnzimmer, um den Tisch zu decken. Ich will was sagen, mich entschuldigen vielleicht, dass ich so ein kaputter Mensch bin und die Welt durch meine bloße Anwesenheit verunreinige, mich dafür entschuldigen, dass ich mir und ihm vorgespielt habe, ich könnte ganz normal sein. Ich könnte ihn auch bitten zu gehen, solange er noch kann, vielleicht schreie ich ihm das am Ende auch hysterisch ins Gesicht, mit dicken Tränen, hau ab, hau ab! Aber dazu kommt es nicht, denn er legt seinen Zeigefinger auf seine weichen Lippen und lässt mich verstummen, noch bevor ich einen Ton gesagt habe.

Er stellt die Teller auf den Tisch. »Der nächste Gang ist gleich fertig«, sagt er. In diesem Augenblick erreicht der Duft aus der Küche meine Nase und bringt meinen Magen dazu, ein sehnsüchtiges Knurren von sich zu geben. Mein Körper ist offenbar auf Henrys Seite, der schon wieder an den Herd zurückgekehrt ist und keinen Bedarf hat zu diskutieren. Da erinnere ich mich, dass wir ja nur den ersten von vier Gängen geschafft haben, ich schnappe mir mein Glas und lasse mich aufs Sofa fallen, wo ich es mir bequem mache, mich entspanne und am Wein nippe. Ich sehe mich in meinem kleinen Reich um und sage mir, dass das alles doch nicht so schlecht ist. Dass es irgendwie schon klappen wird.

12.

Heute ist der Tag gekommen, an dem ich es nicht länger hinausschieben kann. Ich habe mich gut vorbereitet und im Internet recherchiert, hervorragend geschlafen (neben Henry) und vor allem einen Plan. Auf dem Weg zur Bushaltestelle mache ich mir Mut. »Elvira«, sage ich mir, »aufgesattelt und los geht die wilde Reise, heute wirst du dein Ziel erreichen, endlich!« Bei HOPLA beginnt der Tag mit Sport. Ich bleibe am Rand, weit weg vom Spiegel und *der Blondine*, sorge aber dafür, dass sie mich sieht, inaktiv, aber mit vollaktivem Aquariumsblick. Zurück im Unterrichtsraum, schreibt sie ZUSAMMENARBEIT und VERTRAUEN an die Tafel. Wir werden in Gruppen eingeteilt und müssen die Tische zusammenschieben, ich bin in einer Gruppe mit *dem Kätzchentattoo*, einer von denen mit Kopftuch und einem jungen Mädchen ganz in Schwarz, die ihre Haare pink gefärbt hat und einen Haufen Metall im Gesicht trägt, aber mit ihren runden Wangen trotzdem aussieht wie ein zu groß geratenes Baby.

Die Blondine erklärt die nächste Übung, die ansteht, während sie SO ERREICHE ICH MEINE ZIELE IM LEBEN in großen, gut leserlichen Druckbuchstaben an die Tafel schreibt. Es ist quasi ein Brettspiel, das sie selbst entwickelt hat, wie sie stolz hinzufügt, es hilft uns dabei, unsere Ziele zu definieren und herauszufinden, wie wir sie umsetzen können. Sie geht von Tisch zu Tisch und verteilt Spielbretter, Würfel und Karten, auf denen Wörter stehen wie »Hindernis«, »Gute Gewohnheiten«, »Helfer/Feinde«, »Deine innere Stimme«, »Mission« und »Vision«. Die Karten sind von eins bis sechs nummeriert, und es gibt Spielfiguren wie bei »Mensch ärgere dich nicht«. Wir sollen uns eine Farbe aussuchen, *das Kopftuch* und *das Riesenbaby* fangen sofort an zu streiten, weil sie beide die gelbe Figur haben wollen, sie beschimpfen sich, Türkenschlampe, fette Kuh und so weiter. Ich habe den Kopf gesenkt, starre auf die Tischplatte und tue so, als würde ich das alles nicht hören, *das Riesenbaby* ist aufgestanden, denn *das Kopftuch* hat ihr die Figur aus der Hand gerissen, und die beiden stehen kurz vor einer waschechten Schlägerei. Ich beobachte es nur aus den Augenwinkeln, bleibe standhaft im Land der Aquarien, spüre aber, dass *das Kätzchentattoo* mir einen Blick zuwirft, dann vernehmlich seufzt, »Hört sofort auf damit, ihr Idioten!« knurrt und schließlich über den Tisch greift und sich mit einer überraschend schnellen Bewegung die Spielfigur schnappt. *Das Riesenbaby* erstarrt und glotzt sie an, auch der Mund vom *Kopftuch* steht offen, aber sie begreifen beide relativ schnell, dass sie verloren haben, und nehmen, mit unterschiedlich stark ausgeprägtem säuerlichem Gesichtsausdruck, die rote beziehungsweise blaue Spielfigur. Ich bekomme die grüne, *das Kätzchentattoo* stellt sie vor mich aufs Spielbrett, aber ich rühre sie nicht an.

»So, ihr Lieben, ihr könnt sofort loslegen. Am besten, ihr würfelt, wer anfangen darf.«

Die Blondine sagt das mit einer Begeisterung, als wäre sie eine Klassenlehrerin, die ihren Schülern gerade erlaubt hat, während eines Diktates eine Runde Brennball zu spielen. *Das Kätzchentattoo* wirft eine Vier und gibt den Würfel an *das Kopftuch* weiter, die eine Zwei wirft und mit wütendem Blick den Würfel zum *Riesenbaby* rüberschubst. Die quietscht vor Freude, als sie eine Fünf würfelt, und dann bin ich dran. Ich rühre den Würfel, der neben meiner grünen Spielfigur liegt, nicht an, da bekomme ich einen Stoß in die Seite. *Das Kätzchentattoo* zischt: »Jetzt würfle endlich, verdammt, lass uns diesen Scheiß hier hinter uns bringen.« Ich greife nach dem Würfel, besonders langsam, als würde das meine ganze Kraft erfordern, und lasse ihn auf den Tisch fallen. Die drei beugen sich vor, um besser sehen zu können, und *dem Riesenbaby* entweicht beim Anblick meiner Sechs ein »Oh!«.

»Prima«, sagt *das Kopftuch*, die bei der Erläuterung der Spielregeln offenbar zugehört hatte, »du fängst an, du darfst noch mal würfeln.« Ich tue, als hätte ich sie nicht gehört, außerdem atme ich schwer, da stößt mich jemand zum zweiten Mal in die Seite.

»Jetzt komm schon, was ist denn los mit dir?« Die Stimme vom *Kätzchentattoo* klingt schon viel weicher. Ich atme laut ein und würfle erneut, eine Zwei.

»Eine Karte aus der ›Helfer/Feinde‹-Kategorie.« *Das Kopftuch* nimmt eine Karte vom Stapel und liest laut vor: »Freunde sind etwas Gutes. Aber nicht, wenn es die falschen sind. Nenne einen falschen Freund, von dem du dich trennen solltest. Das muss kein Mensch sein, es kann auch eine schlechte Angewohnheit sein, die dir trügerische Geborgenheit vorgaukelt.« Gespannt wartet sie auf meine Antwort, *das Kätzchentattoo* schnaubt, *das Riesenbaby* arbeitet konzentriert an ihrem Kaugummi, das sie als dünne Schnur aus dem Mund gezogen und sich um den Zeigefinger gewickelt hat. Ich atme immer schneller und schneller, schnaufe mit offenem Mund, schaukle rhythmisch vor und zurück, dann stecke ich mir die Finger in die Ohren. Ich habe jetzt ihre ungeteilte Aufmerksamkeit, *das Kopftuch* fragt, ob alles okay ist, die Stimme vom *Riesenbaby* klingt viel verärgerter, als sie laut ruft:

»Was ist denn mit der Tante los?«

Aber ich lasse mich davon nicht aus dem Konzept bringen, auch nicht, als *das Kätzchentattoo* die Hand in die Luft wirft und brüllt:

»Hey! Hallo! Hier stimmt was nicht!«

Kurz darauf höre ich die Schritte *der Blondine*, und in der Sekunde, als sie unseren Tisch erreicht, springe ich auf, der Tisch kippt um, und ich höre, wie die Karten, die Spielfiguren und das Spielbrett zu Boden fallen, aber ich hebe nicht den Kopf, sondern renne raus aufs Klo. Ich schließe die Tür ab und setze mich auf den Boden. Damit sich mein Atem wieder beruhigt. Da donnert jemand gegen die Tür. Zuerst *die Blondine.*

»Elvira? Was ist denn los? Geht es dir nicht gut?« Ein Blick auf die Zeitanzeige auf meinem Handy. Ich werde acht Minuten vergehen lassen, bevor ich die Tür öffne, denn ich habe gelesen, dass eine Panikattacke im Durchschnitt etwas weniger als zehn Minuten dauert.

»Hallo? Elvira? Kannst du bitte aufmachen?«

Es stehen mehrere Personen vor der Tür, ich erkenne die Stimme vom *Kopftuch* und vom *Riesenbaby* wieder.

»Hat sie vorher was gesagt? Dass es ihr nicht gut geht oder so? Ist sie vielleicht krank?«

»Ganz plötzlich hat sie sich die Finger in die Ohren gesteckt.«

»Sie hat so hin und her geschaukelt, wie so eine Gestörte.«

»Aber davor hat sie sich auch merkwürdig verhalten, sie saß da und hat so komisch gestöhnt. Habt ihr das nicht gehört? Als würde sie keine Luft bekommen …«

»Dabei war sie dran.«

Ich freue mich, dass sie mir meine Vorstellung abgekauft haben, aber *die Blondine* beginnt, gegen die Tür zu hämmern, und ruft meinen Namen mit einer Stimme, als würde sie einen Hund rufen, der nicht gehorcht, laut, kommandierend und sinnlos. Ich ziehe einen Marsriegel aus meiner Tasche, der Schokomantel ist gebrochen, er ist ganz warm, süß, weich und klebrig, ich esse ihn langsam und bedächtig. Sie gibt ziemlich schnell auf.

»Das geht gar nicht. Ich hole jetzt den Hausmeister. Der muss die Tür öffnen.« Ihre Stimme klingt angespannt und wird begleitet von festen, effektiven Schritten, dack, dack, dack. Dann wird es still.

»Hallo? Elvira?« *Das Kätzchentattoo.* Sie flüstert.

»Bist du okay? Du kannst jetzt rauskommen, sie ist weg.« Ich antworte nicht. Es ist wieder still vor der Tür, sie sind wahrscheinlich eine rauchen gegangen. Ich kaue fertig, stehe auf und überprüfe mein Gesicht im Spiegelbild, wische die Reste meines frechen Grinsens weg, kneife mir in die Wangen, bis sie ganz rot sind, klatsche mir kaltes Wasser in die Augen und warte. Ein Blick auf die Uhrzeit. Ich habe noch vier Minuten. Als die Tür vor Ablauf meiner selbst gesetzten Frist geöffnet wird, sitze ich auf dem Klodeckel, das Gesicht in den Händen vergraben, zittere und schnaufe, aber beruhige mich schließlich, bekomme meinen Atem unter Kontrolle und wische mir die Tränen mit dem Stück Klopapier ab, das mir *die Blondine* reicht. Ich kann ihr nicht in die Augen sehen, halte die Besorgtheit kaum aus, aber das muss ich ja auch gar nicht, außerdem weiß ich, dass die schnell wieder verfliegt. Ich lasse mich mit gesenktem Kopf und Aquariumsblick zurück ins Klassenzimmer führen, in dem niemand mehr ist.

»Pack deine Sachen zusammen, dann kannst du gehen«, sagt *die Blondine* und beobachtet mich. »Wir sehen uns morgen, dann sieht alles schon wieder ganz anders aus. Ich weiß, das hier sind starke Veränderungen, aber so ist es nun mal, wenn man sein Leben umkrempelt, das geht nicht ohne Schmerzen, aber auf lange Sicht wird alles besser, hab ein bisschen Geduld.« Schniefend nicke ich und verlasse das Gebäude, ohne sie noch einmal anzusehen, mit gesenktem Kopf und schleppendem Gang. Ich bemühe mich, meinen Abgang möglichst traurig und würdig wirken zu lassen. Dann stellt sich mir *das Kätzchentattoo* plötzlich in den Weg. Sie sieht mich durchdringend an, der Aquariumsblick wirkt bei ihr nicht, ich versuche es gar nicht erst. Da grinst sie übers ganze Gesicht und zwinkert mir zu.

»Gut gemacht.« Ich muss mich verdammt anstrengen, um mich nicht von ihrem heiseren Lachen anstecken zu lassen, das mich bis vor die Tür verfolgt. Ich beschließe, mich zu Hause meinen Füßen zu widmen und auch eine neue Farbe aufzutragen, und dabei werde ich einen Film sehen, »Reservoir Dogs« oder »L. A. Confidential«.

13.

Es war eine ruhige Nacht im Keller, ich schalte das Licht aus und schließe ab. Summe vor mich hin, während ich die Tür hinter mir zuziehe und zweimal überprüfe, dass sie auch wirklich abgeschlossen ist. Das Taxi wartet schon vor der Tür im Regen auf mich, die Stadt ist pechschwarz und nass, der Regen dämpft alle Geräusche, und wir gleiten dahin auf einer grünen Welle. Ich habe einen Schlüssel für das vollgestopfte Haus in Frederiksberg, Henry hat ihn mir gegeben, er hat darauf bestanden. Als der Taxifahrer mich an der Ecke absetzt, hole ich ihn aus der Handtasche, gehe mit zielsicheren Schritten auf das Haus zu und stecke ihn ins Schlüsselloch. Die Jacke ziehe ich aus und hänge sie auf einen Bügel in der Garderobe, dabei denke ich an meinen ersten Besuch in diesem Haus, als ich Henry fast eine gescheuert habe. Ich muss lächeln. Es ist dunkel und still, es ist ja auch schon spät, vielleicht ist er schon ins Bett gegangen, darum schleiche ich die Treppe hoch. Ich werde mich im Dunkeln ausziehen und mich lautlos neben ihn unter die Decke gleiten lassen und schlafen. Wenn er davon nicht aufwacht. Unter der Schlafzimmertür dringt ein schwacher Lichtstreifen in den dunklen

Flur, vielleicht ist er ja doch noch wach, ich werde schneller und öffne die Tür, ohne anzuklopfen.

Zuerst begreife ich nicht, was ich sehe. Ich bleibe in der Tür stehen, mit offenem Mund. Aber dann. Wird mir einiges klar. Wird mir alles klar. Werde ich wieder klar. Sie liegt auf dem Bauch, ihr schwarzes Haar fließt über ihren Rücken, den schmalen braunen Rücken, Haare wie Seide. In seinem Bett. Nackt. Langsam dreht sie sich mit einem Lächeln, das nicht für mich gedacht ist, zu mir um. Sie zuckt zusammen, als sie mich erkennt, und zieht sich die Decke über den Körper. Leise schließe ich die Tür, mehr muss ich nicht sehen, schnell die Treppe runter, Wasser in den Augen, heiße Wangen, während ich durch die Räume stolpere. Vielleicht rennt mir jemand hinterher und ruft meinen Namen in der Dunkelheit, aber das interessiert mich nicht, ich will nur schnell weg von hier. Wie durch einen Zufall steht das Taxi noch an der Ecke, ich sage nichts, der Fahrer kann sich seine neugierigen Blicke sonst wohin stecken, ich bitte ihn nur, denselben Weg wieder zurückzufahren.

»Da will wohl jemand noch mit Ihnen sprechen.« Ich drehe mich um, sehe eine schmale Gestalt in Morgenmantel mit nackten Füßen über nasse Steinfliesen rennen. Ich verriegele die Tür, schnalle mich an und sage: »Fahren Sie, los!«

Es ist wie ein schlechter Scherz, meine vorgetäuschte Panikattacke wiederholt sich, diesmal allerdings in echt, ich japse nach Luft, gierig und keuchend, die Panik überrollt mich.

Der Taxifahrer sieht ängstlich in den Rückspiegel. »Alles in Ordnung?«

Ich nicke, zwinge mich zu antworten. »Ja, klar, alles in Ordnung.« Aber die Welt nimmt mir die Luft zum Atmen, sie drückt mich zu Boden, wo ich hingehöre, da kenne ich mich aus. Wenigstens weiß ich jetzt, wer ich bin, ich wiederhole das auf dem Nachhauseweg wie ein Mantra. Wer ich bin. Mein Handy klingelt, er ruft an, ich schalte es aus. Als der Taxifahrer vor meiner Tür hält, habe ich meine Atmung wieder unter Kontrolle, für ihn war es eine einträgliche Fahrt, ich gebe ihm das Geld und vermeide Augenkontakt, ab jetzt gibt es nur noch ein volles Aquarium zwischen mir und der Welt. Ich sehe den Rücklichtern des Taxis hinterher, da fällt mein Blick aufs Amore, es dauert ziemlich lange, bis ich feststelle, was da nicht stimmt, in der Pizzeria brennt noch Licht, obwohl die schon längst geschlossen haben. Wenn das Einbrecher sind, werden sie überdurchschnittlich dämlich sein, denn wer macht bei einem Bruch schon Licht an? Und da rede ich noch nicht einmal von der bekloppten Idee, ausgerechnet in eine Pizzeria einzubrechen. Ich zögere, aber dann gehe ich langsam über die Straße, horche, ob ich Stimmen höre. Aber es ist alles still, die Tür steht einen Spalt offen, ich schiebe sie vorsichtig auf und rufe Omars Namen. In der Pizzeria deutet nichts auf einen Einbruch hin, vielleicht sollte ich mich einfach nur um meinen Kram kümmern und nach Hause gehen, was geht mich das hier an, aber da sehe ich den Fuß hinter dem Tresen.

Bei dem Anblick fängt mein Herz an zu rasen, es ist fast lauter als mein Flüstern.

»Omar, bist du das?«

Er liegt auf dem Boden, als ob ihn jemand hingeworfen hätte, im Sturz erstarrt, Arme und Beine stehen vom Körper ab, er hat weißen Schaum in den Mundwinkeln, ich kann seine weißen Augäpfel unter den halb geschlossenen Lidern sehen, seine Gesichtshaut hat dieselbe hellgrüne Farbe wie die Fliesen unter ihm. Die Spritze steckt noch in seinem Arm. Ich gehe in die Hocke, berühre seine Wange, die ist ganz kalt, feucht, ich will seinen Puls am Hals fühlen, aber kann nichts spüren, ich rüttle an seinen Schultern und rufe seinen Namen, plötzlich flattern seine Lider, zumindest bilde ich mir das ein, ich beuge mich zu ihm und spüre einen ganz schwachen, kaum wahrnehmbaren Luftzug aus seinen Nasenlöchern strömen. Ich rufe den Notarzt, und während ich warte, sein Kopf in meinem Schoß, fallen meine Tränen und bilden winzige kreisrunde Pfützen auf seinem reglosen Gesicht. So sitze ich, bis der Krankenwagen kommt und die Straße mit Blaulicht und Stimmen füllt.

Zu Hause schnappe ich mir eine Biskuitrolle, die ich noch im Kühlschrank gefunden habe, und lasse mich aufs Sofa fallen, ich reiße die Verpackung auf und esse sie mit den Händen, einen Bissen nach dem anderen lasse ich die Buttercreme, die Himbeermarmelade und den Biskuit in meinem Mund verschwinden. Im Fernsehen läuft ein Krimi mit einem total durchschaubaren Plot, junge, hübsche Prostituierte werden wahllos von einem männlichen Serienmörder getötet, der eine furchtbare Kindheit und eine sadistische Mutter gehabt hat. Die Größe der Biskuitrolle hat etwas Beruhigendes, die ist nicht sofort weg. Ich schlafe ein, satt von der ganzen Biskuitrolle und mit dem besorgten Gesichtsausdruck des Polizeibeamten auf der Netzhaut, mein Handy ist ausgeschaltet, und ich fühle mich so müde, so groß und so schwer wie ein ganzes Haus.

Es ist Samstag und schon später Vormittag, als ich auf dem Sofa aufwache, ich muss weder im Keller arbeiten noch zu HOPLA, die Zeit legt sich auf mich wie eine graue, bleierne Masse. Mein Handy ist noch immer ausgeschaltet, am liebsten würde ich es, zusammen mit Henrys Schlüssel, aus dem Fenster werfen, aber das tue ich nicht, sondern lege beides in eine Schublade. Ich bestücke den Couchtisch mit allem, was ich in der Küche finde, Smarties, Schokoküsse, Chips, getrocknete Schweinekruste, Toastbrot mit Butter und Marmelade, Popcorn, Cola, Limonade, Käsepops, und lege mich wieder auf die gehäkelte Decke aufs Sofa. Ich stopfe ohne Pause alles in mich rein, während ich durch die Programme zappe und so tue, als würde weder das schmerzhafte Ziehen in meinem Bauch noch das Gedankenkarussell in meinem Kopf existieren.

Da klopft es an der Tür. Sanftes und präzises Klopfen. Ich habe keine Schritte gehört, muss wohl weggedöst sein, ich richte mich auf und drehe den Fernseher leiser. Neues Klopfen.

»Elvira? Bist du da? Ich bin es, Henry.« Ich halte die Luft an und lausche.

»Ich habe angerufen. Hallo? Elvira?« Er gerät ins Stocken, klopft dann erneut, erhebt seine Stimme ein wenig, als er erneut fragt, ob ich da bin. Ich kann hören, wie unangenehm es ihm ist, da draußen vor der Tür zu stehen und die Aufmerksamkeit der Nachbarn auf sich zu ziehen, *der Lappen* ist ein diskreter Mensch, der es nicht gewohnt ist, herumzubrüllen und zu schreien. Pech gehabt. Es klappert am Briefschlitz, von dort kann er mich nicht sehen, aber offenbar spürt er, dass ich da bin, zumindest fängt er an, mit mir durch den Schlitz zu sprechen.

»Liebste Elvira, ich weiß nicht, was du denkst, aber ich kann dir versichern, dass es nicht so ist, wie es ausgesehen haben mag.«

Dann erklär es mir, du Weichei, wenn du wirklich eine Erklärung hast, aber die muss verdammt gut sein, dann höre ich sie mir an, damit diese Stimme in mir endlich verstummt, die mir die ganze Zeit erzählt, dass alles so ist, wie es immer war. Dass ich noch die fette Kuh von früher bin, dass die Welt sich nicht geändert hat, dass nur ich unfassbar dämlich und naiv gewesen bin, ungefähr genauso geistig arm wie jemand, der sich in eine Prostituierte verliebt, und ich genau das hier verdient habe. Aber er sagt nichts, und ich sehe den schmalen, nackten Rücken im Bett vor mir und bleibe wie erstarrt auf dem Sofa sitzen und mache nicht auf, sondern lausche der Stille, die auf das Geräusch seiner Schritte im Treppenhaus folgt.

Die folgenden Tage bestehen hauptsächlich aus Essen, Schlafen und Arbeiten. Es ist leichter als jemals zuvor, meine Rolle bei HOPLA überzeugend zu spielen, vielleicht weil es mich tatsächlich große Überwindung kostet, dort oder auch woanders zu sein, und darum übersteigt mein Erfolg, *die Blondine* von meinen Ängsten zu überzeugen, alle meine Erwartungen. Ich setze mich unter den Tisch und weigere mich rauszukommen, ich schließe mich wieder auf dem Klo ein und bleibe mitten in der Woche einfach weg, weil ich nichts anderes ertragen kann, als eine Symbiose mit meinem Fernseher, den Barbecuechips und der Prinzenrolle einzugehen und mir zu erlauben, bei jeder Sendung zu heulen, egal ob es um verwaiste Elefantenbabys geht oder eines dieser hysterischen Familiendramen läuft, die ich normalerweise hasse wie die Pest. Die Zukunft ist hell und strahlend, ich sollte zufrieden und glücklich sein, denn alles deutet darauf hin, dass mein jahrelanges Ziel, die Erwerbsminderungsrente, in Reichweite ist. Ich beschließe also, glücklich und zufrieden zu sein, nehme mein Handy aus der Schublade und lösche alle Nachrichten auf der Mailbox, ohne sie abzuhören. Seine Anrufe werden immer seltener.

Am Freitag habe ich Spätschicht im Keller. Das ist der Tag mit den meisten Kunden, auf der Homepage ist viel los und auch draußen warten Freier. Ich habe mir was zu essen mitgebracht, es steht in der Küche, ein Maxiburger mit Bacon und eine große Portion Fritten mit Mayo, von der ich mir ab und zu was hole.

Trotzdem habe ich so ein Kribbeln im Bauch. In den Morgenstunden hat der Strom an Freiern ein bisschen nachgelassen, Patience sitzt hinten in ihrem knallengen Lackneglig é, das perfekt zu ihrer purpurfarbenen Perücke passt, und versucht, den rosa Acrylnagel auf ihren kleinen Finger zu kleben. Ich bleibe an der Tür stehen, weil ich nicht stören will, und sie spricht mit mir, ohne den Blick von ihrem Nagel zu nehmen.

»Hast du sie gefunden?«

Es dauert einen Moment, bis ich verstehe, von wem die Rede ist. Candy, Pakpao, oder wie auch immer sie heißt, der Gedanke an sie jagt mir einen Schauer durch den Körper. Patience sieht mich durchdringend an, und ich reiße mich zusammen und antworte.

»Ja. Beziehungsweise Køster hat sie gefunden. Glaube ich.«

Patience nickt und lächelt, sie pustet auf ihren Nagel, wedelt mit der Hand, aber ich sehe es ihr an, da ist was in ihrer Körpersprache, eine fast unsichtbare Irritation, unverkennbar.

»Warum? Stimmt was nicht?«

»Nein, nein«, sie schüttelt den Kopf, »nichts, gar nichts, vergiss es einfach.«

»Køster will ihr doch nur helfen.«

Patience sieht zu mir hoch und nickt, aber ihr Blick ist ausdruckslos, obwohl sie lächelt, als würde ich in einen Spiegel sehen, ich weiß, dass ich aus ihr jetzt nichts mehr herausbekomme. Wir setzen unsere Arbeit fort, aber die Stimmung hat sich verändert, es steht etwas zwischen uns, was ich nicht greifen kann, und ich empfinde große Erleichterung, als ihre Schicht endlich vorbei ist und Patience von ihrer aktuellen Freundin, einer blonden Frau in den Vierzigern, abgeholt wird und sie die schlechte Stimmung mitnehmen.

Man kann das meiste überleben, auch wenn man vielleicht nicht immer Lust dazu hat, aber das Leben geht einfach weiter, die Erde dreht sich weiter, ohne dem total vorhersehbaren und vollkommen lächerlichen Liebeskummer einer fetten Kuh überhaupt eine Nanosekunde Aufmerksamkeit zu schenken. Und vielleicht ist das auch gut so. Diese Gedanken begleiten mich, während ich die Laken auswechsele, die Lichter in den Kabinen ausschalte, die Waschmaschine fülle und die Küche aufräume. Ich habe mich in den letzten Tagen oft gefragt, wie dämlich man eigentlich sein kann. Das muss jetzt ein für alle Mal aufhören. Ich muss wieder auf die richtige Bahn kommen. Ich will gerade aufbrechen, als Køster kommt. Er bleibt einen Moment in der Tür stehen, massiv und in Leder, dann hebt er den Arm, an seiner Hand baumelt eine volle Einkaufstüte, ein Zeichen.

»Hast du Zeit?«

Ich nicke und spüre seit Langem wieder so etwas wie Freude. In der Anfangszeit im Keller war Køster gerade frisch geschieden und noch nicht mit seiner neuen Frau zusammengezogen. Damals hatte er noch einen niedrigeren Dienstgrad und darum häufig Spätschichten und kam danach oft mit einem kalten Bier für ihn und Cola und Chips für mich vorbei, um sich die Tageseinnahmen abzuholen. Dann hingen wir noch zusammen ab und redeten manchmal bis in die frühen Morgenstunden über alte Zeiten.

»Er steht draußen und wartet auf dich.«

»Wer?«

»Na, dein Freund. Der kleine, dünne Typ mit Brille. Der auch bei der Ärztin dabei war.«

In mir krabbelt etwas, wie diese kleinen Meerestierchen, die sich im Sand vergraben und rauskommen, wenn sich das Wasser zurückgezogen hat.

»Er steht draußen und wartet darauf, dass deine Schicht zu Ende ist.« Køster nickt zur Eingangstür. Mit kleinen Schritten tripple ich zur Tür und drücke meine Nase gegen die Scheibe, Køster steht hinter mir, ganz nah, ich spüre die Wärme seines Körpers und rieche sein Parfum.

»Da.« Er zeigt auf die andere Straßenseite, und dort steht er tatsächlich, *der Lappen*, in seinem langen Mantel, zum Schutz vor dem Regen hat er sich in einen Hauseingang gestellt, das Licht der Straßenlaterne reflektiert sich in seinen Brillengläsern, die wie zwei blinde Spiegel aussehen. Was macht er da? Was will er von mir? Sein Anblick löst was in mir aus. Hoffnung oder Trauer? Da legt Køster seine schwere Hand auf meinen Rücken. »Soll ich ihn entfernen lassen?«, fragt er, als Antwort schüttle ich den Kopf, denn ich traue meiner Stimme nicht über den Weg.

Wir setzen uns in die Sofaecke, Køster dreht die Flasche Fanta Exotic auf und gibt sie mir, sich selbst macht er ein Bier auf. Wir stoßen lautlos an, Plastikflasche gegen Dose.

»Hast du Sixten in letzter Zeit mal gesehen?«

Køster nickt, er hat das mit dem Geld geklärt, Sixtens Schulden sind bezahlt, er kann also seine restlichen Finger behalten, bis auf Weiteres. Wir kichern, denn was sollen wir auch sonst tun, aber dann wird er auf einmal wieder ernst, denn es war ein richtiger Batzen Geld. Sagt er, und ich nicke. Die Situation ist nicht tragbar, das wissen wir beide, es ist nur eine Frage der Zeit, bis so etwas Ähnliches wieder passiert, neue Schulden, ein anderes Körperteil, was weiß ich, oder eben schlechter Stoff, Überdosis. Køster spürt meine Sorgen und wechselt das Thema, fängt an, von den alten Zeiten in Herlev zu sprechen.

»Erinnerst du dich noch an den Typen vom Einkaufsladen an der Ecke, der Alte?« Ich nicke, erinnere mich an den kleinen Tante-Emma-Laden, an die Klingel, wenn man die Tür öffnete, und die Staubkörner, die im Licht tanzten, während man vorne stand und auf den Ladenbesitzer wartete. Er war unfassbar langsam, das wussten wir natürlich, darum konnte man sich, ohne ein allzu großes Risiko einzugehen, die Taschen mit den Süßigkeiten vollstopfen, die in den Plastikbehältern an der Kasse standen, um dann, wenn er endlich da war, nur eine Kaugummikugel zu bezahlen oder auch eine ganze Packung Kaugummi, je nachdem wie groß das schlechte Gewissen war. Sixten jobbte als Bote für ihn. Zweimal in der Woche fuhr er mit dem Rad zu den Stammkunden, meistens waren das ältere Damen in kleinen, bis obenhin vollgestopften Häusern, die Trinkgeld in Form von sauren Drops gaben und Sixten nie gehen lassen wollten. Er betrachtete ihre Familienfotos und ließ seine Finger durch das fettige Fell der übergewichtigen Hunde gleiten, bis er, schwindelig von einem Berg Kuchen mit Schlagsahne, endlich wieder frische Luft einatmen und die Gesellschaft der Lippenstifte und Schmuckstücke auf seinem schwergängigen Lastenfahrrad hinter sich lassen konnte.

»Sixten ist immer ein guter Junge gewesen.«

Wir lächeln uns an, Køster und ich. Und denken beide daran, wie Sixten den Kindern, die den Ladenbesitzer beklauten, eine Standpauke hielt und einige von ihnen sogar dazu brachte, zu Kreuze zu kriechen und ihre Schulden zu begleichen. Der alte Mann an der Kasse wusste nicht, wie ihm geschah, als sie mit ihren schmierigen Münzen und gemurmelten Entschuldigungen anrückten. Ja, er ist ein guter Junge gewesen, aber auch diesen Gedanken halte ich kaum aus, weil sich ein anderer daran heftet, nämlich dass Sixten einfach zu gut war und nicht damit zurechtgekommen ist, sich selbst überlassen zu werden, ohne Eltern, weil die Welt zu viele Versuchungen für einen wie ihn bereithält. Er war ein Träumer, ein Fantast, ein Glücksritter im freien Fall. Und hinter diesem Gedanken meldet sich sofort mein Schuldgefühl, meine Verantwortung und der leise Zweifel, ob Sixten seinen Finger vielleicht noch hätte, wenn ich mich anders verhalten hätte. Und seinen Vater auch.

»Das mit eurem Dad ist echt eine Scheiße gewesen.«

Ich nicke. In Køsters Blick hat sich etwas Neues geschlichen, gleichzeitig aber klingt er viel milder. Seit der Sache mit *dem Lappen* steht etwas zwischen uns, als hätte ich unbewusst eine neue Seite an mir entdeckt. Ein Vorgang, den nur jemand mit so feinfühligen Antennen für die Schwächen anderer Menschen wie Køster bemerken konnte. Vielleicht riecht er das. Als wäre meine Haut dünner geworden und das Blut dicker und röter.

»Elvira …«

Er legt seine Hand auf meine, warm und schwer ist sie, ein bisschen feucht, er beugt sich vor. Diese leuchtenden grünen Augen, mild und bohrend, ich falle oder, sagen wir, ich nähere mich seinem Gesicht, während ich unentwegt in diese Augen sehe, sein breiter, starker Körper ist wie ein Energiefeld, das mich magisch anzieht.

»Elvira?«

Ich schrecke bei dem Laut seiner Stimme zusammen. Ist sein Blick höhnisch oder nur überrascht? Ich reiße mich zusammen, setze mich aufrecht hin und senke den Blick. Wie konnte ich nur? Ich will den Gedanken gar nicht zu Ende denken, wie beschissen dämlich kann man sein, unfassbar dumm, ganz offensichtlich.

»Ich habe mir da etwas ausgedacht.«

Seine Stimme ist ganz weich.

»Es ist nur eine Idee. Ein Vorschlag. Du musst nicht sofort antworten, denk ganz in Ruhe darüber nach.«

Ich sehe hoch, sein Gesicht ist wieder nah an meins gerückt, aber der Ausdruck in seinen Augen hat sich verändert, ich kann sein Lächeln nicht deuten.

»Es gibt auf dem Markt ja durchaus eine Nachfrage für Mädchen wie dich.«

Ich höre, ohne zu sehen, beziehungsweise sehe ich ihn schon, aber wie durch einen Nebel, eine dicke, matte Glasplatte, ich habe den Aquariumsblick gegen mich selbst eingesetzt. Ich soll mir das gut überlegen, sagt er, es ist ein Nischenmarkt, aber ein wachsender, dabei lacht er, ich nicke und nicke, wie so ein Wackeldackel.

»Du hast es ja selbst gesagt. Das mit Sixten ist nicht tragbar.« Er sieht mir fest in die Augen. »Ich kann dir dabei helfen, einen Text zu verfassen, ihn ins Netz zu stellen, vielleicht sogar eine laufende Anzeige zu schalten, ich bin für deine Sicherheit da und den ganzen praktischen Kram. Das könnte hier stattfinden oder ganz woanders.«

Er spricht immer schneller, das ist eindeutig eine Angelegenheit, über die er sich schon lange Gedanken macht. Ich könnte meine Kunden vorher screenen, damit ich gleich jeden, den ich nicht mag, aussortieren kann, er hat sich mal ein bisschen schlaugemacht, das Terrain sondiert, ein paar von denen wollen gar keinen Sex, die bezahlen dafür, mich füttern zu dürfen oder mir beim Essen zuzusehen! Er klingt amüsiert, unterdrückt das aber sofort wieder und erklärt mir, dass diese Kunden viel Geld dafür bezahlen.

»Einigen wird es genügen, dich nackt zu sehen, andere wollen, dass du dich auf eine bestimmte Art und Weise bewegst«, dabei zuckt er fast entschuldigend mit den Schultern, »und deine Fettpolster klatschend aufeinanderschlagen. Aber das sind ja alles Details, die wir auch später noch klären können.« Ich nicke. »*Bottom line* ist, dass so eine wie du richtig viel Kohle verdienen kann, und das ist einfach verdientes Geld, eine echte Gelegenheit, über die du mal nachdenken solltest. Das Preisniveau ist ein ganz anderes als hier im Keller, wie gesagt, es ist ein Nischenmarkt. *Live streaming* ist auch noch eine Möglichkeit, falls du keinen physischen Kontakt zu den Kunden haben willst, das ist alles machbar.«

Endlich verstummt sein Redefluss und mit ihm auch mein gestörtes Nicken, er hebt seine Hand und streicht mir über die Wange, die aus irgendeinem Grund nass ist.

»Bist du deswegen jetzt traurig?«, fragt er bedauernd.

Ich schniefe, lächele. »Nein, nein, ich musste nur gerade an Sixten denken und mache mir Sorgen um ihn, ich habe schon so lange nichts mehr von ihm gehört.«

Køster runzelt die Stirn, dann lächelt er und zeigt mir seine sehr weißen, sehr regelmäßigen Zähne. »Du weißt, was ihr mir bedeutet. Beide. Solche wie wir, wir haben doch nur einander. Wir müssen zusammenhalten, stimmt's? Darum auch mein Vorschlag. Ich weiß doch, dass du dich immer um ihn kümmern willst. Und das hier könnte eine tragbare Lösung sein, Elvira, aus finanzieller Sicht. Um was anderes geht es gar nicht.«

Ich will etwas erwidern, aber bevor ich den Mund aufmachen kann, sieht er auf die Uhr. »Oh, ich muss los, sonst gibt es Ärger zu Hause.« Er zwinkert mir zu und lässt seine Lippen über meine Wange streifen. Ich lächele ihn an, sage Tschüss, sonst nichts, winke sogar, als er sich ein letztes Mal in der Tür umdreht. Was hätte ich auch sagen sollen? Dass mich all die Jahre der Gedanke getröstet hat, dass wir drei zusammengehören? Dass mich nie wieder jemand dazu zwingen wird, das Frauchenspiel zu spielen, und ich gedacht hatte, dass vor allem Køster immer auf mich aufpassen würde? Als die Tür hinter ihm ins Schloss fällt, falle auch ich in mich zusammen. Als hätte mein Körper aufgegeben, falle ich zur Seite aufs Sofa und stürze in eine klebrige Dunkelheit, die mich immer tiefer und tiefer zieht. Ich falle und falle. Es kostet mich unendlich viel Kraft aufzustehen, ich weiß nicht, wie lange ich dort gelegen habe, ein paar Minuten oder Stunden. Ich schnappe meine Tasche und meine Jacke, jemand anderes wird die Reste aufräumen müssen und die leeren Flaschen und das Erbrochene wegmachen, das ich auf dem Sofa hinterlassen habe. Ich kann nur zur Tür stolpern und die kühle Nachtluft in mich einsaugen, während ich mich frage, wie ich bloß nach Hause kommen soll, denn das fühlt sich fast wie eine unüberwindbare Aufgabe an. Ich nehme mir vor, oben an der Kreuzung in ein Taxi zu steigen, ich laufe quer über die Straße, als sich mir eine Gestalt in den Weg stellt.

»Elvira. Meine Liebste.«

Er ist es, er lächelt und will mich berühren, ich ändere die Richtung und knurre ihn an: »Du sollst mich in Ruhe lassen, du sollst mich einfach nur in Ruhe lassen.« Ich spüre seine Hand auf meiner Schulter, die Berührung pflanzt sich durch meinen ganzen Körper fort, wie ein elektrischer Stoß, eine Schlange, ein schleimiger Aal. Er soll mich gefälligst in Ruhe lassen, das ist mein einziger Gedanke, als ich mich umdrehe, aushole und ihm ins Gesicht schlage. Dieses Gefühl, als meine Faust erst seine Brille, dann die weiche Haut trifft und nur von den Knochen darunter gebremst wird. Dieses Gefühl bleibt in meiner Faust stecken, als ich mich wieder abwende und ihn da auf der Straße liegen lasse, ohne Brille, überrumpelt, die Hand an der Stelle, wo ich ihn getroffen habe. Ich weiß, dass ich dieses Gefühl und diesen Anblick so schnell nicht wieder loswerde.

Und zum ersten Mal seit Jahren fange ich an zu rennen. Hüpfend, schaukelnd, schwabbelnd, prustend entferne ich mich von ihm, so schnell ich kann, und das Einzige, was ich spüre, ist der anhaltende Drang, mich immer wieder zu übergeben.

14.

Irgendwie gelingt es mir, nach Hause zu kommen. Danach ist nur noch Dunkelheit. Die Wände sind schwarz, verschmelzen mit dem Rest des Raumes, die Luft steht still, das Licht ist grau und flimmert. Ich zerfließe auf dem Sofa. Wenn ich die Augen schließe, fühle ich mich wie schwarzer Asphalt. Ansonsten fühle ich überhaupt nichts, ab und zu krieche ich ins Badezimmer, um mich zu übergeben, nicht nur einmal, sondern unendlich oft, es spritzt nur so aus mir raus, am Ende ist es nur noch gelbliche, stinkende Galle, wie eine gigantische Eiterbeule. Man kann sich nicht mehrere Tage hintereinander übergeben, nicht in solchen Mengen, sage ich mir, wenn ich mich wieder auf dem Sofa zusammengerollt habe, trotzdem sehe ich die Sonne mehr als einmal auf- und wieder untergehen. Das Telefon klingelt, aber hört auch wieder auf, irgendjemand, wahrscheinlich ich selbst, hat den Fernseher eingeschaltet, aber die Bilder auf dem Bildschirm ergeben keinen Sinn, es sind nur psychedelische Muster, die ihre Farben an die Wände werfen, und was eigentlich Musik und Stimmen sind, nehme ich nur als Lärmteppich am Rand meines Bewusstseins wahr. Irgendwann döse ich weg und falle schließlich in einen tiefen Schlaf. Die Wohnung ist wie ein Schuhkarton, und ich liege als halb tote Ratte darin.

Ich schlafe, einen ganzen Tag lang, vielleicht auch länger. Es ist Nachmittag, als ich aufwache, mein Kopf ist bleischwer, mein Körper fühlt sich an wie ein ganzes Altersheim. Ich bleibe auf dem Sofa liegen, nehme Stück für Stück meine Umgebung wahr, vermeide jeden Gedanken. Ich übersehe alle Flecken auf dem Boden, als ich ins Badezimmer wackle und pinkeln gehe, aber von dem Gestank von Erbrochenem wird mir ganz komisch, ich muss schlucken. In der Küche nehme ich mir eine Packung Toast und eine halbe Flasche Sprite, mein Magen macht Geräusche, ich lasse mich auf den Boden gleiten und esse winzige Brotstücke, die ich mir zu mikroskopisch kleinen Kugeln zusammenrolle, mir vorsichtig in den Mund stecke und ausgiebig kaue. Ich muss sie mit Sprite runterspülen, aber mein Rachen und mein Hals sind wie gehäutet, das weiche Brot fühlt sich an wie Metallkugeln, die Sprite wie schäumende Säure. Der Schmerz treibt mir Tränen in die Augen, ich lasse das Brot auf dem Küchenboden liegen und krieche zurück aufs Sofa, übergebe mich in kurzen Schüben auf einen Teller, der auf dem Couchtisch steht, kleine weiße Stückchen in einer sauren Suppe. Nach der Anstrengung döse ich wieder ein, ich habe mir die gehäkelte Decke über den Kopf gezogen und die Augen geschlossen, will wieder abtauchen in die Dunkelheit des Schlafes. Da taucht Sixtens Gesicht vor mir auf.

Aber nicht wie er jetzt aussieht, groß und blass, mit schweren Junkieaugen unter der hohen Stirn, sondern der Sixten von früher. Ich sehe seine kurzen blonden Haare, die mich an den Wangen kitzeln.

Wir haben jede Nacht in einem Bett geschlafen. Tagsüber war Sixten Papas toller Junge. Wenn aber die Nacht kam und alles still wurde und er unsere Mama, über die wir nicht mehr sprachen, zu sehr vermisste, bekam er einen dicken Klumpen im Magen und kletterte zu mir ins Bett. Dann lagen wir Rücken an Rücken, wie ein ruhig und gleichmäßig atmendes Wesen. Es war eine Vereinbarung, die nur wir beide kannten.

Wenn Papa mich holte, war ich meistens gerade dabei, in die graublaue Dunkelheit des Schlafes zu sinken. Ein Lichtstreifen drang ins Zimmer und weckte mich, im Spalt unter der Tür sah ich einen Schatten. Dann öffnete er die Tür. Ich setzte mich auf und sah ihn dort stehen, er signalisierte mir, leise zu sein und zu ihm zu kommen. Sixten schlief tief und fest. Ich stand auf, Papa legte seinen Arm um mich, unter seinem bordeauxfarbenen Morgenmantel aus Frottee verbarg sich ein schwerer und modriger Geruch, meine Wange schabte an dem noppigen Stoff.

Später musste er mich gar nicht mehr holen. Ich wusste, wann es wieder Zeit war. Das baute sich an den Tagen davor langsam auf, er seufzte auf eine ganz bestimmte Weise, diese Seufzer jagten wie Schläge durch meinen Körper, und er hatte diesen Silberglanz in den Augen, wenn er mich ansah. Er drohte, wieder zusammenzubrechen, so wie nach der Beerdigung, in Alkohol und Schwere zu ertrinken, und dann würde alles in sich zusammenstürzen, wir wären gezwungen, alles aufzugeben. Er konnte ja nichts dafür. Ich ging zu ihm, wenn ich merkte, dass es wieder so weit war, dass es sich nicht länger hinauszögern ließ. Ich blieb wach, bis ich sicher sein konnte, dass Sixten schlief. Er tat immer so, als sei er überrascht, dass ich komme. Und dann hob er seine Decke hoch.

Am Tag danach war ich immer sein großes, fleißiges Mädchen, manchmal schenkte er mir sogar Blumen. Er hielt mich im Arm oder strich mir über die Wange, aber er roch anders, sauber und nicht mehr gefährlich, und ich erwiderte sein Lächeln, während ich innerlich ganz leer war. Ich habe die Blumen in die Vase gestellt, ihnen aber nie Wasser gegeben, er hat nicht verstanden, warum die so schnell verwelken, und wenn er es doch begriffen hat, dann hat er sich nichts anmerken lassen.

Aber dann wachte Sixten auf. In einer dieser Nächte. Ich weiß nicht, ob er mich gesucht hat oder einfach nur aufs Klo gehen wollte. Ich weiß auch nicht, ob ihn die Geräusche veranlasst haben, leise die Schlafzimmertür zu öffnen, vielleicht wollte er aber auch Papa wecken, um mit ihm zusammen nach mir zu suchen. Ich sah ihn gar nicht, sondern hörte nur das leise Klicken, als er die Tür wieder zuzog, und erst da habe ich die Augen aufgemacht. Papa hatte es nicht gehört. Als ich danach in mein Zimmer zurückging, lag Sixten nicht in meinem Bett, und die Tür zu seinem Zimmer war zu. Am nächsten Morgen ist er vor mir aufgestanden, er saß schon am Frühstückstisch vor einer Schale mit Cornflakes, und als ich in die Küche kam, sprang er sofort auf und ging wortlos und ohne mir in die Augen zu sehen an mir vorbei. Ich hatte zu wenig geschlafen, darum zwang ich mich, etwas zu essen, mich zu waschen und die Zähne zu putzen, obwohl mir diese Handlungen vollkommen sinnlos erschienen. Es war ganz still im Haus, Papa war noch nicht aufgestanden und Sixten schon verschwunden. Mit zitternden Beinen nahm ich meine Schultasche und ging los. Sixten wartete auf dem Fahrradweg. Ich trat in die Pedale und schoss an ihm vorbei.

»Warte doch mal!« Er hatte mich im Nullkommanix eingeholt. »Elvi, was ist das mit Papa und dir?« Er schnitt mir den Weg ab, ich war gezwungen, mit quietschenden Reifen zu bremsen. Wir standen nebeneinander, beide auf unseren nagelneuen silberfarbenen Fahrrädern mit Dreigangschaltung, einmal Damenrad, einmal Herrenrad, ansonsten identisch, ein Geschenk von Papa an einem der guten Tage.

»Was ist da los? Was zum Teufel ist da los?« Sein Blick war flehend und zornig zugleich, er sah aus, als würde er jeden Augenblick anfangen zu weinen.

»Warum tut ihr das? Sag schon, Elvi, warum tut ihr das?«

»Ich habe keine Ahnung, wovon du redest.«

Ich fuhr los, aber er holte mich wieder ein und zwang mich dieses Mal, ihm in die Augen zu sehen. Ich fing sofort an zu weinen. Sixten starrte mich an, es sah aus, als würde er gleich mitweinen, dann aber stellte er unsere Fahrräder ab und führte mich zu einer Bank. Ich vergrub das Gesicht in meinen Händen und spürte Sixtens Hand auf meinem Rücken. Ich weinte, als würde ich niemals damit aufhören, ich weinte wegen des Frauchenspiels, ich weinte, weil meine Mama nicht mehr da war, ich weinte, weil jetzt Sixten alles wusste und es meine Schuld war, und ich weinte wegen der fremden, harten Beule, die man noch nicht richtig sehen konnte, die aber im unteren Teil meines Bauches wuchs.

Als der Strom meiner Tränen endlich versiegte, nahm Sixten seinen Arm von meinem Rücken und rückte ein Stück von mir weg.

»Du musst mir alles erzählen.« Ich konnte ihn nicht ansehen, wusste aber, dass er recht hatte, darum erzählte ich ihm alles. Dass Papa das zwischendurch braucht. Weil er so einsam ist und Mama vermisst. Dass ich mich daran gewöhnt habe und es fast gar nicht mehr merke.

»Wie kann er so etwas machen? Das ist nicht richtig, das darf er nicht.«

Ich schüttelte den Kopf, da packte Sixten meine Hand und drückte fest zu.

»Hörst du? Das darf er nicht, das ist illegal. Dieses Schwein!«

»Da ist noch was anderes.« Ich nahm seine Hand und legte sie auf die kleine Beule, dort ließ er sie einen Moment liegen, bis er begriff und die Hand wegriss. Er sprang von der Bank auf, sein Gesicht war weiß, er hatte Tränen in den Augen, dann trat er gegen den Pfahl einer Straßenlaterne.

Ich stand auch auf, legte meine Hand auf seine Schulter, damit er aufhörte. Er drehte sich zu mir, schnaufte.

»Sixten.«

»Er wird dich nicht mehr anfassen. Nie wieder.«

»Nein.«

Er sah auf meinen Bauch.

»Komm mit.« Wir gingen zu den Fahrrädern. »Du musst keine Angst haben.«

Er sagte es über die Schulter, während er sich auf den Sattel schwang, ich blieb zurück und sah ihm hinterher. Und bekam Angst.

Das Telefon klingelte, kurz nachdem Papa und ich uns zum Abendbrot hingesetzt hatten. Es war Sixten.

»Sixten isst heute bei Køster.« Ich setzte mich wieder hin, Papa nickte, vertieft in seine Zeitung. Ich zwang mich zu kauen, zu trinken, die Kartoffelstücke mit der Milch im Mund zu mischen und dann runterzuschlucken. Danach ging ich auf mein Zimmer, versuchte, mich auf meine Hausaufgaben zu konzentrieren, Papa saß den ganzen Abend vor dem Fernseher und steckte erst gegen zehn Uhr den Kopf zur Tür herein.

»Geh Zähne putzen, es ist Zeit, ins Bett zu gehen.«

Sixten war noch nicht zu Hause, als ich mich hinlegte, und auch nicht, als ich etwas später Papa erst im Badezimmer und dann das Knarren seines Bettes hörte.

Ich wachte von einem Rascheln auf, von dem Geräusch leiser Schritte. Meine Zimmertür öffnete sich langsam, da stand er in der Tür, Sixten. Und sah mich lange an. Ich hatte mich im Bett aufgesetzt, die Decke um mich geschlungen, und starrte ihn an, mit offenem Mund, wie ein Fisch an Land. Er nahm meinen Zimmerschlüssel aus dem Schloss, dann war er auch schon wieder weg, ich hörte nur, wie er den Schlüssel von außen umdrehte, eine Erscheinung im Traum, Schritte, die verschwanden, vielleicht hatte ich sie gar nicht gehört, dann das Geräusch einer Tür, die leise ins Schloss gezogen wird. Mit einem Mal war ich hellwach, schnappte mir meine Klamotten vom Boden. Als ich mich wieder ins Bett legte, war ich komplett angezogen. Und wartete.

Kurze Zeit später wurde die Eingangstür erneut geöffnet, dieses Mal ohne erkennbares Bemühen, dies leise zu tun, Sixtens und Køsters Schritte dröhnten durch den Flur, und auch ihre Stimmen waren von einem Flüstern weit entfernt. Sie hatten sich vorbereitet, einen Baseballschläger dabei, Køsters Lieblingsschläger aus massivem Kiefernholz, der Griff war mit schwarzem Tape umwickelt, er hatte ihn im Werkunterricht angefertigt und weigerte sich, jemand anderen außer Sixten damit spielen zu lassen. Meine Tür blieb verschlossen. Vielleicht befürchtete Sixten, dass ich dazwischengehen würde, versuchen würde, meinen Vater zu retten. Vielleicht hatte er sogar recht damit. Ich kann nicht mehr sagen, wie lange es dauerte, ob zwei oder zehn Minuten. Aber auf jeden Fall nicht lange. Ich hörte dumpfe Schläge, die Muskeln und Knochen trafen, Tumult, die Stimme meines Vaters, die zuerst überrascht klang, aber noch ganz normal, später wurde sie rauer, er brüllte, schrie, bettelte. Dann letzte, klagende Laute. Dann Stille. Es folgten stolpernde, taumelnde Schritte im Gang, Sixtens und Køsters Stimmen, kurze, praktische Anweisungen und am Ende das dumpfe Poltern, als sein schwerer Körper die Treppe hinunterstürzte. Irgendwann öffnete Sixten meine Tür und setzte sich zu mir aufs Bett, sein Gesicht war bleich und schweißgebadet, er wischte es sich mit dem Handrücken trocken, und der hinterließ eine rote Spur auf seiner Wange.

»Er liegt unten an der Kellertreppe. Er war besoffen, muss gestürzt sein. Das werden wir so sagen. Wir lassen ihn bis morgen da liegen, als hätten wir ihn erst dann gefunden.«

»Ist er …?« Ich kann das Wort nicht aussprechen, aber Sixten nickt.

»Ja.«

»Und wenn sie es herausfinden? Dass ihr das wart?« Sixten schüttelt den Kopf.

»Das ist egal. Ich bin strafunmündig. Aber Køster ist gerade fünfzehn geworden, darum ist er auch nie hier gewesen, okay? Und du weißt sowieso von nichts, weil du geschlafen hast.« Ich nicke.

»Und seine Mutter?«

»Sie schläft, sie glaubt, dass Køster die ganze Nacht zu Hause war.«

»Komm.« Ich rücke zur Seite und hebe die Decke

hoch, damit er sich hinlegen kann. Wir liegen dicht aneinander, Schulter an Schulter, ohne zu reden. Bis ich in den frühen Morgenstunden endlich in einen unruhigen Schlaf falle, sehe ich das Weiß seiner offenen Augen im Dunkeln leuchten.

Unser Alter galt als strafmildernder Umstand. Die Schwangerschaft auch. Außerdem war es hilfreich, dass er den Sturz überlebt hatte. Er lag ziemlich lange im Krankenhaus und verlor sein rechtes Auge. Als er entlassen wurde, waren wir schon Eigentum der Behörden. Wir haben ihn nie wiedergesehen, bis auf die wenigen Augenblicke vor Gericht, als er an Krücken auf uns zukam, mit Augenklappe, und die Arme ausstrecken wollte, so gut das eben ging, ohne hinzufallen. Aber als er Sixtens Gesichtsausdruck sah, krümmte er sich zusammen, wandte sich ab und humpelte davon. Davor wurden wir oft befragt und verhört, in Räumen, die alle gleich aussahen. Ich erinnere mich vor allem an die Rillen auf den Plastikbechern und meinen Drang, sie zu zerdrücken. Wir lernten neue Vokabeln wie Beisitzer, Sachbearbeiter, Sozialarbeiter, Verzichtserklärung, Vollnarkose, weiterer Verlauf. Wissende Blicke von Fremden. Meine Klassenlehrerin, die mit mir reden wollte, aber der ich nicht in die Augen sehen konnte. Ich erinnere mich ans Krankenhaus. Gelbe Limo und Zeitschriften, die alte Frauen lesen, staubige orangene Gardinen. Ich erinnere mich an die schlaffe Haut an meinem Bauch, die über den Rand der Unterhose hing. Pflegeeltern. Ich erinnere mich an ein Haus aus gelbem Backstein am Ende einer Straße, mit Aussicht auf Felder, inklusive Güllegestank. An die zwei blassen Kinder in gestreiften Nachthemden, ihre glotzenden grauen Augen, die offenen Münder, den Geruch ihres Atems und ihrer Haare. Ein Zimmer, ein Bett, eine neue Schule, die unausgesprochene Erwartung von Dankbarkeit. Die Mädchen meiner neuen Klasse haben mich angestarrt, und die Jungen hörten auf zu reden, wenn ich vorbeiging. Sixtens kurze Briefe, seine unordentliche Schrift, voller Rechtschreibfehler, die leeren Schubladen in meinem neuen Zimmer. In meiner Erinnerung sind diese Tage nichts als eine kackbraune Unendlichkeit.

Sixtens Briefe waren wie eine Rettungsleine aus Wörtern auf liniertem Papier, die uns miteinander verband, trotz des großen Abstandes, weil unsere Sachbearbeiter vom Jugendamt beide der Ansicht waren, dass es für uns das Beste wäre, den Kontakt abzubrechen. Wenn ich bis dahin den Glauben daran gehabt hatte, dass das Jugendamt nur unser Bestes will, von da an hatte ich ihn für alle Zeit verloren. »Durchhalten, Schwesterherz«, schrieb Sixten, »die können sich mal ficken, wir kämpfen, es sind nur noch vier Jahre.« Vier Jahre noch bis zu unserem achtzehnten Geburtstag, dann würden wir endlich frei sein, das war das Einzige, was uns am Leben erhielt. Wir würden nach den vier Jahren zusammenziehen, Sixten, Køster und ich, wir würden unser eigenes Zuhause haben, wo niemand über uns bestimmen konnte. Aber vier Jahre im Einfamilienhaus am Arsch der Welt ist eine lange Zeit, in einem fremden Zimmer in einem fremden Haus in einer fremden Stadt. »Die können sich mal ficken, wir kämpfen«, schrieb Sixten. Und das tat ich. In diesen Jahren fraß ich mir ein Polster an, ich rauchte und trank und fluchte mich durchs Leben, ich klaute und schwänzte, ich rülpste und spuckte, ich schlug und trat, ich zerstörte um der Zerstörung willen, machte Sachen kaputt, weil ich es konnte. Keine Pflegefamilie hält das auf Dauer aus, das lernte ich schnell. Ich entwickelte den Aquariumsblick, lernte, in die wütenden, wohlgesinnten, verzweifelten, aufmunternden, bohrenden, feuchten und verständnislosen Augen zu sehen, ohne mich selbst auch nur eine Sekunde zu verlieren. Und so landete ich immer wieder vor meiner Sachbearbeiterin auf dem Jugendamt. Bis sie mich eines Tages in einem ziemlich ratlosen Tonfall fragte:

»Was soll ich nur mit dir anstellen, Elvira?«

Zu diesem Zeitpunkt hatte mir Sixten den Namen einer betreuten Wohngruppe genannt, den ich laut und deutlich aufsagte. Ich erinnere mich, dass sie mich überrascht ansah, aber von mir kam nichts weiter, ich war schon wieder zurück in Guppyland. Als ich ihren erleichterten Gesichtsausdruck sah und sie sich den Namen in ihren Unterlagen notierte, wusste ich, dass ich gewonnen hatte. Sixten hatte sich erkundigt und mir in seinen Briefen erklärt, dass die Wohngruppe die Lösung mit den geringsten Schwierigkeiten ist. Man könnte es da ganz okay haben, im Großen und Ganzen kommen und gehen, wann man wollte, wenn man nicht besonders auffiel und sich einigermaßen an die Regeln hielt, aber das Beste von allem war, dass wir nicht mehr in Pflegefamilien leben müssten, nicht mehr bei Fremden gefangen gehalten würden, die Wohngruppe war näher an der Freiheit, und außerdem konnten wir dann wieder zusammen sein. Ich schrieb ihm am selben Abend, dass ich dabei war, und zum ersten Mal hatte ich so etwas wie Hoffnung.

15.

Ich muss wieder eingeschlafen sein. Denn eine fremde Stimme weckt mich, begleitet von einem Hämmern gegen die Tür.

»Elvira Gregersen! Ich weiß, dass du da bist! Mach sofort die Tür auf!« Ich setze mich auf, noch ganz benebelt, und sehe mir das Chaos an, in dem meine Wohnung versunken ist. Im Halbdunkel kann ich nicht einschätzen, wie spät es ist. Sowohl das Hämmern als auch das Rufen halten an, und als ich endlich erkenne, wer es ist, durchfährt mich ein Schauer: *Die Blondine*, die HOPLA-Madame, steht vor meiner Tür. Fuck, fuck, fuck. Ich wickle die gehäkelte Decke um mich und humple zur Tür.

»Ja?«

»Elvira, bist du es? Oh, was für ein Glück! Kannst du bitte aufmachen?«

Ich habe gar keine andere Wahl, also öffne ich die Tür, aber nicht mehr als einen Spaltbreit, höchstens zehn Zentimeter. Sie ist es wirklich und sieht mich mit diesem So-jetzt-übernehme-ich-das-mal-Blick an. Verdammte Oberscheiße.

»Lass mich rein, Elvira.« Bevor ich reagieren kann, hat sie die Tür aufgeschoben und steht in meinem kleinen Flur. Sie lächelt angestrengt, dann schiebt sie sich an mir vorbei und geht ins Wohnzimmer, wo sie als Erstes die Gardinen und die kleine Balkontür öffnet. Die frische Luft und das Licht schlagen eine unbarmherzige Schneise durch den Raum. *Die Blondine* prüft den Zustand eines Stuhls und bürstet ihn mit der Handfläche ab, bevor sie sich hinsetzt. Ich folge dem kritischen Rundgang ihrer Augen durch das Wohnzimmer.

»Bist du krank, Elvira?« Ich antworte nicht, stehe mit offenem Mund vor ihr, mein Unterkiefer hängt gefühlt auf meinen Knien.

»Du hast die ganze Woche gefehlt, und wir haben nichts von dir gehört, du gehst ja nicht ans Telefon.«

Ich lasse mich aufs Sofa fallen, höre ihren hellen Seufzer. Verdammt.

»Elvira, ich bin hier, weil ich dir helfen will.«

Ich mache eine kleine Bewegung, die mit gutem Willen als Nicken verstanden werden kann, wenn man ungewöhnlich positiv eingestellt und optimistisch ist. Und das ist sie, *die Blondine*, sie lehnt sich vor und greift meinen Arm, wir sehen uns an, unsere Gesichter sind einander ganz nah, ich rieche ihren Atem. Kaffee.

»Du kämpfst mit deiner Angst, stimmt's? Darum bist du nicht gekommen, oder? Nicht weil du nicht wolltest. Du schaffst es nur nicht vor die Tür, richtig?«

Ich kann nicht länger in ihre Marmorkugelaugen sehen, aber dieses Mal nicke ich echt und aufrichtig.

Vielleicht gibt es doch noch eine Chance, wie ich aus dieser ganzen Scheiße mit heiler Haut rauskomme.

»Ich war da auch schon, Elvira, ich kenne das, es ist schrecklich, einfach furchtbar.«

Ich kann nicht anders, muss sie ansehen.

»Man glaubt, dass man stirbt. Aber das ist alles nur im Kopf, Elvira, Gedankenkarussell, glaub mir, ich weiß, wovon ich rede, wie sich das anfühlt und wie schwer es ist. Aber es sind nur Gefühle. Und Gefühle sind nicht gefährlich.« Sie schüttelt energisch den Kopf, lächelt dabei.

»Ich weiß, dass du nicht kommen kannst, obwohl du eigentlich willst. Aber das bedeutet nicht, dass du das alles allein bewältigen musst.« Sie breitet die Arme aus, als würde sie meine Wohnung und damit mein gesamtes erbärmliches Leben einladen wollen. Sie kennt einen sehr guten Psychiater, der sich auf kognitive Techniken spezialisiert hat, nicht so einer, der einem nur Tabletten verschreibt, und bietet mir an, einen Termin für mich zu vereinbaren. »Am Anfang könnte er auch zu dir nach Hause kommen. Danach sehen wir dann weiter.« Erwartungsvoll sieht sie mich an, als hätte sie mir gerade einen Hauptgewinn verkündet. Ich bin vollkommen unvorbereitet, nicht in der Lage, die Konsequenzen dieser unvorhergesehenen Wendung zu überblicken, also nicke ich schon wieder und piepse ein Okay. *Die Blondine* springt vom Stuhl auf, schiebt den Couchtisch beiseite und umarmt mich. Fuck. Ich werde ganz steif, als ich ihren kleinen harten Körper an meinem spüre, und mein einziger Gedanke ist, wie ich stinken muss, nach fettigen Haaren, Schweiß und Erbrochenem. Da lässt sie mich endlich wieder los.

»Lass dir ruhig Zeit. Ich habe auch schon mit deiner Sachbearbeiterin gesprochen.«

Die Lilafarbene. Ich quake ein zweites Okay und auch ein Danke, was ihr ein Lächeln ins Gesicht zaubert. »Abgemacht«, sagt sie, »ich melde mich, sobald ich was weiß.« In der Tür dreht sie sich noch einmal zu mir um, ich befürchte eine zweite Umarmung, aber sie überlegt es sich Gott sei Dank anders, dann ist sie endlich weg, und ich schließe die Balkontür und sinke zurück aufs Sofa.

Ich gurgle mit der restlichen Sprite, am liebsten würde ich zurück in die Dunkelheit tauchen, aber in mir grummelt was, vielleicht Hunger, Wut oder diese Scheißangst, wer weiß das schon, auf jeden Fall kann ich nicht schlafen. Ich beschließe, mir eine Dusche zu gönnen, und auf dem Weg ins Bad hole ich mein Handy aus der Schublade, wo es seit Tagen mausetot liegt, und reaktiviere es. Sofort höre ich es piepen und vibrieren. »Das kann ja wohl nicht wahr sein«, sage ich laut, während ich über den Haufen Dreckwäsche, Erbrochenes und Handtücher in die Badewanne steige und die Dusche andrehe. Ich bleibe so lange unter dem heißen Wasserstrahl stehen, bis meine Haut prickelt und ganz rosa ist und ich an den Händen und Füßen so verschrumpelt bin wie ein alter Affe.

Ich lösche alle Nachrichten, sehe aber trotzdem, dass die meisten vom *Lappen* sind. Ich rufe Køster an und spreche ihm auf die Mailbox, danach rufe ich Sixten an, der überraschenderweise ans Telefon geht. Seine Stimme löst in mir den Wunsch aus zu weinen, so erleichtert bin ich.

»Ich habe versucht, dich anzurufen«, sagt er in richtig beleidigtem Ton, woraufhin ich lachen muss. Er klingt, als würde es ihm gut gehen, was ich ihm sage. »Ja, das stimmt auch. Elvi, vielleicht habe ich gute Neuigkeiten.«

»Was gibt es?«, frage ich und befürchte, es geht wieder nur um unmögliche Deals, Junkiefantasien, die wie immer im totalen Chaos enden. Er hört sich meine Bedenken an, behauptet aber, dass es um was ganz anderes geht.

»Und um was geht es dann?«

»Ich komme die Tage mal vorbei, dann können wir in Ruhe darüber reden.«

»Nein, du sagst es mir jetzt.«

Schweigen.

»Sag es mir jetzt, ich halte das sonst nicht aus.«

»Ich komme morgen, wenn du zu Hause bist.«

Er klingt auch noch fröhlich, als er sich verabschiedet.

Køster ruft zurück, als ich gerade dabei bin, den Taxifahrer zu bezahlen. Ich bleibe vor dem Eingang stehen, und wir sprechen, nachdem das Taxi weggefahren ist. Es ist alles in Ordnung, kein Problem, Anne Grethe übernimmt meine Schichten, außerdem gibt es eine Neue, die er gerade einarbeitet, aber ich soll mir keine Sorgen machen, ich bekomme alle Schichten, die ich haben will, sagt er, denn wir sind doch füreinander da, Hauptsache ist, dass ich wieder gesund werde.

»Gesund?«

»Ja, du bist doch krank gewesen, oder?«

»Bin ich das? Ja, doch, stimmt.«

Er lacht über meine Verwirrtheit. »Elvira, hast du schon über meinen Vorschlag nachgedacht?«

Als ich nicht sofort antworte, sagt er, dass er das vielleicht nicht hätte fragen sollen. Er klingt enttäuscht, und ich sage, dass das schon okay ist, ich will da nur in Ruhe drüber nachdenken.

»Super. Tu das. Das bleibt aber unter uns, einverstanden?«

»Ja.«

»Sixten muss das auch nicht unbedingt erfahren, wenn du das nicht willst.«

»Nein.«

Er greift das Thema wieder auf, redet vom vielen Geld, den Vorteilen, *live streaming*, bis ich ihn unterbreche.

»Køster, können wir das später besprechen? Ich bin gerade auf dem Weg ins Krankenhaus, ich will jemanden besuchen.«

Noch bevor er überhaupt danach fragen kann, beruhige ich ihn, dass es sich bei diesem Jemand nicht um Sixten handelt. Wir vereinbaren meine nächste Schicht im Keller und legen auf, ich sehe mein Spiegelbild in der gläsernen Eingangstür und denke: »So weit kommt es noch!« Dann betrete ich das Krankenhaus und erkundige mich nach der richtigen Abteilung.

Ich tue so, als würde ich die Blicke der Verwandtschaft nicht bemerken. Sie stehen alle am Bett, und als ich ins Zimmer komme, rücken sie zusammen und flüstern miteinander. Omar hat die Augen geschlossen, er ist verkabelt, Maschinen, die piepen, Schläuche und ein Tropf, einer der Onkel schiebt einen Stuhl für mich ans Bett und dann sitze ich neben Omar, mit seiner Hand in meiner auf der Bettdecke. Lange bleibe ich allerdings nicht, ich kann diese gelblichen Wände und die stickige Luft nicht ertragen, ich bin nicht gut mit Krankenhäusern. Ich verlasse sein Zimmer wieder, ohne ein Wort mit seiner Familie gewechselt zu haben, aber ich spüre ihre Blicke, die an mir kleben, und habe es schon fast bis zur Glastür geschafft, als mich von hinten jemand am Arm festhält.

»Entschuldigen Sie, aber es waren doch Sie, die ihn gefunden hat?«

Ich drehe mich um.

»Sie müssen meine Familie entschuldigen, sie wussten nicht, wer Sie sind. Sie dachten, Sie hätten was mit den Drogen zu tun.«

»Aha.« Ich gehe weiter.

»Nein, warten Sie!« Wieder drehe ich mich zu ihr um, mein Blick ist unzweideutig, ich habe keinen Bock auf so was.

»Was denn?«

»Ich bin seine Schwester. Sie sind Elvira, oder?«

»Yep.«

»Er hat immer so viel von Ihnen erzählt. Er mag Sie sehr gerne, aber das wissen Sie bestimmt.«

Ihre großen, ernsten Augen erinnern mich an seine. Ich bleibe stehen, weiß nicht, was ich sagen soll.

»Ich wollte mich auch nur bei Ihnen bedanken. Wenn Sie ihn nicht gefunden hätten, wäre er jetzt bestimmt tot.«

»Ach, das glaube ich nicht.«

»Doch, da bin ich mir ganz sicher.« Sie legt ihre Hand auf meinen Arm. »Kommen Sie bitte an einem anderen Tag wieder, versprechen Sie mir das, vielleicht wacht er beim Klang Ihrer Stimme ja auf.« Ich nicke, dann endlich gehe ich, ohne ihr zu sagen, dass ich nicht glaube, dass Omar jemals wieder aufwachen wird.

Als ich zur Schicht im Keller erscheine, ist alles wie immer. Ich habe mir ein paar von diesen sauteuren Schokoköpfen mit extra dicker Schokoladenschicht gekauft, vier Croissants, zwei davon mit Schokolade, eine Zweiliterflasche Sprite und eine Tüte Schweinebauchchips. Es ist mitten in der Woche, da ist selten viel los, auf dem Sofa sitzt nur ein einziger Kunde und wartet, *der Franzose*, ich erkenne ihn wieder, und wir nicken uns kurz zu. Anne Grethe telefoniert gerade, sie winkt mir zu, als ich an ihr vorbei in die Küche gehe, um meine Sachen abzustellen. Es ist gut, wieder hier zu sein, die vertrauten Geräusche und Gerüche, ich weiß, wer ich bin, nicht mehr und nicht weniger. Vielleicht ist es gar nicht so schlimm, was Køster da vorgeschlagen hat. Warum sollte ich anders sein als die anderen? Etwas Besseres?

»Bist du wieder gesund?« Anne Grethe hat das Headset abgenommen und reicht es an mich weiter, ich nicke und frage sie, was es zu tun gibt. Zwei Mädchen sind gerade mit Kunden zugange, und für die Hälfte meiner Schicht gibt es schon Buchungen, also alles in allem sieht es gut aus. Sie sammelt ihre Sachen zusammen, damit ich ihren Platz am Computer übernehmen kann. Ich öffne die Seite mit den Buchungen, und als ich den Namen über den Bildschirm flimmern sehe, ergießt sich eine Tonne Blei in meinen Magen.

»Candy? Ist sie wieder hier?«

»Ja, sie ist auch zurückgekommen.«

Anne Grethe zieht sich ihre Jacke an und sagt noch etwas zum Abschied, was ich gar nicht höre, ich nicke nur mechanisch und wir verabschieden uns. Ich bin wieder allein am Tresen, und Candy ist auf der anderen Seite der Wand mit einem Kunden beschäftigt, der sich auf unserer Seite mit »happyanaconda77« angemeldet hat. Wenigstens ist es nicht *der Lappen*. Die kleine, blasse Milbe, die sich in meinem kolossalen Körper festgebissen hat, das Weichei Henry, das sich einen Gratisfick mit der Telefonlady besorgt hat. Oh Gott, mein lächerliches Glück, meine so dämliche Freude, ich hatte mich zum Leben erweckt gefühlt von der Schönheit, die er in mir entdeckt hat, die rosa Lippen und Falten zwischen meinen Beinen nannte er die zarten, feuchten Blütenblätter einer Unterwasserblume, bla bla bla. Was der für einen Scheiß geredet hat, versunken in meinem Körper, der in Wellen wollüstig von Küste zu Küste rollte. So dumm, so unfassbar dumm. Oder als er sagte, dass meine Füße wunderschön sind, und er jeden Zeh vorsichtig mit seinen weichen Lippen umschloss, einen nach dem anderen. Oh nein, jetzt bekomme ich diese Bilder nicht mehr aus meinem Kopf, wie lächerlich wir ausgesehen haben müssen. Meine Scham wiegt eine Tonne.

Ich werfe das Headset auf den Tisch und gehe in die Küche, reiße die Plastikfolie von der Verpackung mit den Schokoküssen und drücke meine Zunge durch die dicke Hülle von dunkler Schokolade in den weichen, süßen Schaum, den ich in meinen Mund schiebe, bis ich unten die Marzipanschicht und schließlich den harten Waffelboden erreiche. Es ist ein kurzes Vergnügen, darum nehme ich gleich den zweiten aus der Packung. Ich habe mir gerade den dritten in den Mund geschoben, als sie plötzlich in der Tür steht. In einem glänzenden rosafarbenen Kimono.

»Tach, El-wi-la«, sie spricht meinen Namen weich und ohne »r« und lächelt, aber ich sehe tiefschwarze Wut in ihren Augen.

Mein Mund ist voller Schaum, ich sollte meine Schnauze halten, trotzdem fragt die Idiotin in mir: »Du bist wieder da?«

Sie nickt, aber mit einem Automatiklächeln, das sich gar keine Mühe gibt, ihren Widerwillen und ihre Wut zu verbergen. Und als würde sie die noch unterstreichen wollen, starrt sie auf meinen Mund, der ohne Frage mit Schokolade und weißem Eischaum verschmiert ist, woraufhin ich sofort die Hand davorhalte. Bevor sie geht, wirft sie mir einen formvollendeten Fahrstuhlblick zu und gleitet mit ihren höhnisch dreinschauenden Augen von unten nach oben über meinen Körper. Ich sehe ihr hinterher, betrachte die schwarzen Seidenhaare, den schmalen Rücken und den kleinen, festen Arsch, der unter dem rosa Kimono davonwackelt. Erst da wird mir klar, dass sie mich hasst, aber so richtig.

Ich wasche mir das Gesicht mit kaltem Wasser, und als ich zurückkomme, hat sie bereits ihren nächsten Kunden. Den Rest der Schicht ist sie pausenlos gebucht, sie war schon immer sehr beliebt, nicht nur beim *Lappen*. Immer wieder wandern meine Gedanken zu den beiden in seinem Bett, gleichzeitig frage ich mich, warum sie eigentlich wütend auf mich ist, ich meine, wenn hier eine das Recht hat, wütend zu sein, dann ja wohl ich. Glaube ich zumindest. Ich muss wissen, warum, und als meine Schicht vorbei und ihr letzter Kunde gegangen ist, klopfe ich an ihre Tür. Sie öffnet sofort, hat sich auch schon umgezogen. Sie trägt einen grauen Jogginganzug und ist abgeschminkt, sie sieht aus wie ein Vögelchen, aber ihre Augen leuchten nach wie vor wütend.

»Was willst du?«, fragt sie. »Ich habe keine Zeit.«

Bevor sie noch was sagen kann, schubse ich sie aufs Bett. »Setz dich hin.«

Ich nehme den einzigen Stuhl im Raum, der eigentlich für die Kleidungsstücke der Kunden gedacht ist, und setze mich vor ihr hin.

»Warum bist du zurückgekommen? Wolltest du nicht heiraten oder so?«

Sie sieht mich an, als hätte ich unverständlich gesprochen. Dann schüttelt sie den Kopf, sie wird nicht heiraten, nicht ihre Tochter nach Dänemark holen, sie wird nur noch arbeiten, »work, work, work!«, sie spuckt mir die Worte förmlich ins Gesicht. »Und das ist alles deine Schuld!«, sagt sie. Ich sehe, dass sie das Letzte sofort bereut, aber so leicht lasse ich sie nicht gehen.

»Warum ist das meine Schuld?«

»Du hast ihm von meinem Freund erzählt. Dann war es für ihn ganz einfach, uns zu finden.«

»Køster?« Sie nickt. »Ja, aber Køster«, sage ich, »der will dir doch nur helfen, weil du jemandem so viel Geld schuldest.«

Es dauert einen Augenblick, dann fängt sie an zu grinsen, dann zu kichern, und am Ende lacht sie mir ins Gesicht. Das macht mich rasend, aber sie reißt sich schnell wieder zusammen, starrt mich an. »Du glaubst wirklich, dass er ein guter Mann ist?« Ihr Blick ist jetzt überrascht, nicht mehr wütend. Sie beugt sich vor, senkt ihre Stimme. »Ich schulde ihm Geld, viel Geld, er hat Geld bezahlt, damit ich hier arbeiten kann.« Candy steht auf, sie sieht mich an, als würde sie nicht wissen, was sie glauben soll, dann zupft sie ihre Jacke zurecht und greift nach ihrer Tasche.

»Warte, ich habe noch was für dich.«

Ich gebe ihr das Foto, das ich in meinem Portemonnaie aufgehoben habe. Sie nimmt es an sich, ihr

Blick wird für einen Moment ganz weich, ich sehe weg.

»Ich wusste nicht …« Ich verstumme, meine Entschuldigungen nützen jetzt auch nichts mehr. Bevor sie geht, flüstert sie mir was ins Ohr.

»Hen-ly. Der kleine Mann. Er hat woanders geschlafen. Er wollte nur helfen. Ich war allein in seinem Bett, okay?«

16.

Es ist kein normales Einfamilienhaus, sondern groß und mehrstöckig, und es sieht aus, als wäre es von einem Architekten entworfen worden. Im Garten stehen eine Schaukel und ein schwarz-weißes Spielhäuschen aus Holz mit rot-weiß gepunkteten Gardinen. Neben einem Stapel Blumenkübel stehen ein blaues Dreirad und ein etwas größeres rosa Mädchenrad. Es ist aufgeräumt und leise, im Doppelcarport steht kein Auto, trotzdem klingle ich und lasse das Geräusch durch das leere Haus hallen. Dann setze ich mich vor die Haustür und warte. Ich höre die Reifen auf dem Kies, bevor ich den Wagen sehe. Er parkt, schaltet den Motor aus und starrt mich entgeistert durch die Windschutzscheibe an, lässt sich ziemlich viel Zeit, den Sicherheitsgurt abzuschnallen und auszusteigen. Ich stehe auf, bürste den Staub von meiner Hose. Er hat sich dafür entschieden, mich mit einem Lächeln zu begrüßen.

»Elvira! Was für eine Überraschung! Willst du kurz mit rein?«

Er umarmt mich und ich folge ihm ins Haus, er zieht sich seine Lederjacke aus und hängt sie auf. Auf dem hellen Holzfußboden liegt ein gestreifter Läufer in fröhlichen Farben, ordentlich nebeneinander aufgereiht stehen Kinderschuhe und Gummistiefel, hohe Pumps und Køsters Schuhe. Er sieht meinen Blick, der an den Lücken im Schuhregal hängen geblieben ist.

»Camilla ist mit den Kindern übers Wochenende nach Jütland gefahren. Zum Mechanikerschwager.« Wir haben also genug Zeit. Køster zieht seine Schuhe aus und sieht vielsagend auf meine Füße, woraufhin ich seinem Beispiel folge. Danach gehen wir in die große Wohnküche, wo er aus so einem riesigen amerikanischen Kühlschrank mit Eismaschine zwei Dosen rausholt, ein Bier und eine Cola, er reicht mir die Cola und setzt sich auf einen der Barhocker, die auf der anderen Seite des breiten Küchentresens stehen, dann klopft er auf den Hocker neben sich.

»Komm, setz dich, mein Schatz«, sagt er, öffnet seine Dose und trinkt, ohne den Blick von mir zu wenden. »Wie sieht es aus, Elvira, geht es dir gut? Was kann ich für dich tun?«

Ich bleibe vor ihm stehen, weiß auf einmal nicht mehr, wo ich anfangen soll, all die Worte, die mir noch auf dem Weg hierher durch den Kopf gespukt sind, sind auf einmal weg. Ich hatte mir so eine Schlussszene ausgemalt, in der alle Karten auf den Tisch kommen, aber das hier ist kein Film, und selbst wenn es einer wäre, in den Filmen, die ich mag, spielt nie jemand wie ich mit. Er kann mir meine Verwirrung ansehen, er wirkt irgendwie amüsiert. Ich klettere auf den schmalen, hohen Barhocker, öffne meine

Cola und sehe mich in der Wohnküche um, die aussieht wie aus einem Magazin. Es gibt tatsächlich Leute, die so leben, und Køster ist offensichtlich einer von ihnen.

»Ich bin ja so dumm gewesen«, sage ich.

Er runzelt die Stirn. »Das stimmt doch gar nicht. Dumm bist du noch nie gewesen …«

Ich hebe die Hand, damit er still ist, und fahre fort: »Ich bin all die Jahre so dumm gewesen, weil ich geglaubt habe, dass ich zu euch Jungs gehöre. Du, Sixten und ich.« Er will was sagen, aber mein Blick lässt ihn verstummen. »Ich dachte, wir sind so eine Art Musketiere.« Ich lächle, weil es so bekloppt ist, und Køster lächelt auch, aber das soll er nicht. »Aber als du mir diesen Vorschlag gemacht hast, wurde mir klar, dass ich nie dazugehört habe. Und es auch nie werde.«

»Oh, fuck, Elvira, das tut mir voll leid. Ich weiß, dass ich das nie hätte vorschlagen sollen. Das war echt doof von mir. Natürlich musst du das nicht machen. Vor allem mit deiner Vorgeschichte. Das tut mir wirklich leid. Echt.«

Mit meiner Vorgeschichte. Ich habe Lust, ihm eine zu scheuern. Ich schüttle den Kopf, sehe aufrichtige Reue in seinen grünen Augen. Er seufzt, verbirgt sein Gesicht in den Händen. Der schöne Køster. Ich lege meine Hand auf seine Schulter. Ganz kurz.

»Køster.« Er hebt den Kopf. »Ich will nicht mehr.«

Sein Blick ändert sich. »Was meinst du?«

»Im Keller arbeiten, ich schaffe das nicht mehr.«

Wir starren uns an, Køster gibt als Erster auf. Als er

den Blick wieder hebt, lächelt er, traurig und versöhnlich zugleich.

»Wir werden dich sehr vermissen. Aber das ist natürlich deine Entscheidung, natürlich kannst du aufhören.«

»Ich finde, dass du ebenfalls damit aufhören solltest.«

»Wie meinst du das denn?«

»Ich finde, du solltest den Keller zumachen, Køster.« Er kneift die Augen zusammen. »Ich habe viel darüber nachgedacht, und ich finde einfach, dass es so nicht sein sollte. Zwischen Männern und Frauen. Ich weiß, dass du ein guter …« Sein Lachen lässt mich mitten im Satz verstummen. Seine Augen sind Schlitze, sein Mund mit den weißen Zähnen ist weit aufgerissen, es dauert einen Moment, bis er sich und sein Lachen unter Kontrolle hat und sprechen kann.

»Du findest also, dass ich den Laden zumachen soll?« Er schüttelt ungläubig den Kopf. »Das hätte ich echt nicht gedacht, Elvira, dass du so naiv bist. Jetzt mal ehrlich, was ist denn bloß los mit dir?« Er wischt sich die Tränen aus den Augen. »Jetzt komm schon, Schatz, reiß dich mal wieder zusammen. Es ist, was es ist. So ist es immer gewesen, und so wird es immer sein. Das ist das Gesetz der Natur, Angebot und Nachfrage, und das werden wir nicht ändern. Wenn wir es denn überhaupt wollten. Es hat doch einen Grund, dass man es das älteste Gewerbe der Welt nennt, oder? Wir sprechen hier ja nicht von Trafficking, das sind erwachsene Menschen, die wissen, was sie tun und warum sie es tun. Du wirst doch jetzt bitte nicht so ein Moralapostel, oder?«

Ich schüttle den Kopf. Seine Stimme ist wieder weich und mild. Aber seine Augen nicht.

»Bleibst du noch ein bisschen? Wir können einen Film sehen, so wie früher, und uns leckeres Essen bestellen? Ich lade dich ein.«

»Nein, danke. Ich habe noch was vor.«

Er streichelt mir über die Wange. Ich klettre vom Barhocker und lasse ihn an seinem Küchentisch in seinem feinen Haus zurück. Er ruft mir hinterher. »War schön, dich zu sehen! Gut, dass wir darüber gesprochen haben!« Er hört sich noch immer an, als fände er das alles irre lustig. Vielleicht hat er die Textzeile aus dem alten Film vergessen: *It ain't over till the fat lady sings.*

17.

Es ist von Vorteil, dass ich schon einmal hier war und weiß, wie das Haus eingerichtet ist. Es ist kurz nach zwei Uhr nachts, der Mond scheint auf das ansonsten dunkle Haus. Ich drücke die Türklinke runter. Das ist eine sichere Wohngegend, Køster hat die Tür nicht abgeschlossen, weil er die Statistik kennt und weiß, dass die Einbruchswahrscheinlichkeit verschwindend gering ist, außerdem würde es für den Einbrecher wahrscheinlich schlecht ausgehen. Im aufgeräumten und schuhsortierten Flur ist alles still, ich lausche, ob er vielleicht doch noch wach ist. Ich lasse die Schuhe an und genieße die kleine Schadenfreude, dass ich den Boden vollsaue, dann schleiche ich an der Tür zur Wohnküche vorbei und den Flur hinunter. An zwei der Türen kleben bunte Buchstaben, Emil und Emma, ich bleibe stehen und werfe einen Blick in die nahezu identischen Kinderzimmer, die im Mondlicht baden. Das Spielzeug liegt in Körben, die in einem Regal stehen, es herrscht Symmetrie und Ordnung, und wieder habe ich dieses Gefühl von Unwirklichkeit. Kann nicht begreifen, dass das wirklich Køsters Zuhause ist.

Die Tür am Ende des Flures steht einen Spalt offen.

Ich bleibe davor stehen, kein Laut dringt aus dem Zimmer. Ich erinnere mich, wie es sich anfühlt, wenn Køster den Arm um mich legt. Ich weiß noch, wie er mich heute Nachmittag angesehen hat. Sein Lachen. Und ich spüre die bedrohliche Dunkelheit, die von diesem Zimmer ausgeht. Ich öffne die Tür und betrete sein Schlafzimmer. Die Luft hier drin ist anders, verbrauchter, sie riecht nach Körper und Schlaf. Meine Augen müssen sich erst an die Dunkelheit gewöhnen, ich erschrecke, als ich die Umrisse seines Körpers auf dem Bett erkenne. Ich wage kaum zu atmen, bleibe reglos stehen und beobachte ihn, er liegt auf dem Rücken, die Arme ausgebreitet, sein Brustkorb hebt und senkt sich, die Augen sind geschlossen, der Mund steht offen, trotzdem habe ich das Gefühl, dass er jederzeit wie eine Katze aufspringen könnte. Sogar im Schlaf strahlt sein Körper diese kompakte Kraft und Kontrolle aus.

Ich beuge mich über ihn, Millimeter um Millimeter, und halte mich am Kopfteil des Bettes fest, ich zucke zusammen, als er sich bewegt, im Schlaf seufzt. Das Geräusch überrascht mich, es ist so verletzlich und intim, ich erstarre in dieser etwas sonderbaren, schiefen Körperhaltung, mein Gesicht viel zu nah an seinem, und warte. Nichts. Dann hebe ich mein rechtes Bein, ganz langsam, eine unfassbare, schmerzhafte Kraftanstrengung, aber es gelingt mir, wahrscheinlich dank fucking HOPLA, es so hochzuheben, dass ich mich über ihn schwingen und dann auf seinen Brustkorb setzen kann. Køster öffnet nicht sofort die Augen, bewegt sich unter mir, irritiert von dem plötzlichen ungewohnten Gewicht, er stöhnt, grunzt, ich klemme seine Arme unter meinen Beinen ein, jetzt liegt er wie im Schraubstock zwischen meinen Schenkeln. Seine erste Reaktion ist, dass er versucht, mich runterzustoßen, aber darauf bin ich vorbereitet, ich lehne mich nach vorne und presse mein ganzes Gewicht nach unten.

»Was zum Teufel soll das?« Er reißt die Augen auf, aber als er mich erkennt, lächelt er und es funkelt in seinen grünen Augen. »Was zum Teufel machst du hier, Elviraschatz?«

Ich lehne mich noch weiter vor, damit ich ihn nicht sehen muss, und fauche ihm ins Ohr: »Ich habe den Safe geleert.« Ich merke, wie sich sein Körper unter mir anspannt, und sehe ihn an.

»Elvira, es ist nicht so, wie du denkst …«

»Wenn Leute diesen Satz sagen, dann meistens, weil es ganz genau so ist, wie man denkt. Du hast ihnen ihre Pässe abgenommen. Du hast Buch darüber geführt, wie viel sie verdient haben. Du behältst mehr als die Hälfte ihrer Einnahmen. Also, was genau soll ich glauben?«

Ich warte darauf, dass er etwas sagt. Er sieht aus wie jemand, der den Notausgang sucht.

»Diesen ganzen Scheiß, den du mir immer erzählt hast, dass alles in Ordnung ist und fair abläuft?« Wir starren uns an, Køster dreht als Erster den Kopf weg.

»Alle machen das so. So ist die Branche, Elvi. Es kostet verdammt viel Geld, so zu leben wie ich – und zusätzlich muss ich noch Alimente für drei Kinder zahlen …« Er hebt die Stimme, versucht, sich eine gewisse Autorität zu verleihen, was in seiner gegenwärtigen Situation alles andere als leicht ist.

»Ist dir eigentlich klar, wie viel Geld mich Sixten im letzten halben Jahr gekostet hat? Und du hast auch ganz gut bei mir verdient, oder?«

»Fick dich, Køster.«

»Immer mit der Ruhe, Elvira.« Seine Stimme ist wieder in den milden Modus geschaltet. »Alle treffen bestimmte Sicherheitsvorkehrungen, um die Mädchen zu behalten. Die Branche ist verdammt hart geworden. So ist es nun mal.«

Ich bin für einen Augenblick unaufmerksam, Køster regt sich unter mir, und ich verliere die Kontrolle über seine Arme. Sofort werfe ich mich nach vorne und drücke meinen Oberkörper auf sein Gesicht, gewinne die Kontrolle zurück und bleibe so lange liegen, bis ich merke, dass sich sein Körper wieder entspannt. Als ich mich aufrichte, ist er dunkelrot. Das nächste Mal wird es ihm wahrscheinlich gelingen, mich zu überwältigen. Ich muss mich beeilen. Ich beuge mich runter zu ihm und spreche extra langsam und deutlich.

»Jetzt bleibst du still liegen und hörst mir zu. Alles, was im Safe war, ist jetzt in meinem Besitz, Køster. Ich habe den Mädchen ihre Pässe zurückgegeben. Ich habe deine komplette Buchführung und werde alle Unterlagen behalten. Das hier hört auf der Stelle auf. Keines der Mädchen schuldet dir auch nur eine Krone. Verstanden?« Seine Augen glänzen, und das nicht vor Freude.

»Du blöde fette Kuh. Du bescheuerte, fette Tussi.«

Seine Worte bringen mich für einen kurzen Moment ins Schwanken, dann hole ich tief Luft und beuge mich ein zweites Mal zu ihm hinunter.

»Du wirst immer einen Platz in meinem Herzen haben, das weißt du, aber ich muss weiter. Vielen Dank für das mit meinem Vater. Und für die vielen Male, in denen du Sixten geholfen hast.« Ich mache eine kleine Pause. »Køster, ich glaube, dass du tief im Innern alle Voraussetzungen hast, ein Guter zu sein. Jetzt hast du die Gelegenheit, es auch zu beweisen.«

Weil ich nicht vorhabe, es nur als eine von vielen Optionen stehen zu lassen, füge ich hinzu:

»Ich werde dich immer im Auge behalten, das versichere ich dir, und ich hoffe wirklich und aufrichtig, dass du mich nicht zur blöden Petze machst.« Ich sehe ihm in die Augen. »Hast du mich verstanden?« Er nickt, kaum merklich und ohne mich dabei anzusehen.

»Mach's gut, Køster.«

»Fick dich.«

Ich klettere von ihm runter. Er rührt sich nicht, sagt nichts, bleibt im Dunkeln liegen, die Augen wie zwei schwarze Löcher voller Hass.

Die Nacht ist kalt und hell. Ich ziehe die Tür hinter mir zu und habe mich noch nie so leicht gefühlt wie in diesem kurzen Augenblick. Wie ein losgerissenes Atom, ein durch die Luft schwebendes Staubkorn oder der Fallschirm einer Pusteblume, der vom Wind mal hierhin, mal dorthin geworfen wird.

18.

Sixten sitzt vor mir, sein Blick ist ganz weich, aber fokussiert, er ist gerade einigermaßen klar, es ist ein guter Zeitpunkt, um mit ihm zu reden, obwohl ich weiß, dass er gleich wieder losmuss. Ich habe ihm von meinem Entschluss erzählt, im Keller aufzuhören, dass ich darum weniger Geld verdienen werde, im Moment, vielleicht auch für immer, und ihn nicht mehr so unterstützen kann wie bisher. Dass ich es auch nicht mehr will. Dass ich etwas anderes will, auch wenn ich noch nicht genau weiß, was. Ich habe begriffen, dass ich es selbst herausfinden muss, was ich wirklich will. Was ich mit meinem Leben anfangen will. Tatsächlich überlege ich, keine Sozialhilfe mehr in Anspruch zu nehmen, aber der Gedanke ist so wild und frisch, dass ich ihn noch nicht laut aussprechen kann. Ich sage ihm nicht die schlimmen Dinge. Ich erzähle ihm nichts von meiner Wut und Traurigkeit, weil ihn nichts anderes interessiert als der nächste Schuss. Auch ich bin ihm gleichgültig. Vielleicht sage ich es ihm ein anderes Mal. Aber ich erzähle von Omar und sage Sixten, dass ich nicht will, dass er stirbt oder zu einer Matschbirne wird. Wenn er wirklich so weitermachen will, dann muss er verdammt noch mal allein klarkommen. Und zwar ab jetzt. Ich warte auf seine Reaktion, habe mir eine harte Schale um mein Herz gezimmert.

»Schwesterherz.« Er lächelt.

»Schon okay.«

Er steht auf und greift nach seiner Jacke. Es ist eine marineblaue Wolljacke von guter Qualität, die ich noch nie an ihm gesehen habe, ein bisschen zu kurz an den Armen, aber sie steht ihm, und ich sehe ihm an, dass er das weiß.

»Hast du nichts dazu zu sagen? Hast du überhaupt begriffen, was ich da eben gesagt habe?«

Er geht vor mir in die Hocke.

»Ich weiß, dass du glaubst, mir etwas zu schulden, für damals. Vielleicht geht es dir auch mit Køster so. Aber du hast ja gar nichts …« Genau, ich habe nichts getan. Ich hätte sie aufhalten müssen.

»Du glaubst, du hättest uns aufhalten müssen.« Er schüttelt den Kopf. »Das hättest du gar nicht tun können, Elvi. Und ich bin froh, dass du es nicht getan hast. Das ist das Einzige in meinem Leben, worauf ich stolz bin. Was ich keinen Tag bereue.« Er steht auf, macht einen Schritt zurück, sieht an mir vorbei.

»Was er dir angetan hat … Du glaubst, du schuldest mir etwas, weil er mein Vater war. Aber er war auch dein Vater. Es wäre nie wieder so geworden wie vorher. Er war ein ganz schwacher, erbärmlicher Scheißkerl. Und auch ich bin ein schwacher und erbärmlicher Scheißkerl, weil ich dich in dem Glauben gelassen habe. Du schuldest mir einen Scheißdreck.«

Er verzieht das Gesicht zu einer Grimasse. »Mann, Elvi«, sagt er, »ich will mich entschuldigen, für alles.«

»Nein, nein, du musst dich nicht entschuldigen«, sage ich, stehe auf und nehme ihn in den Arm.

»Aber ich bin als Erster rausgekommen, ich bin der große Bruder, ich muss auf dich aufpassen.«

Ich drücke meine Wange an seine Brust. »Nein, wir passen beide aufeinander auf, wir sind Zwillinge.«

Wir bleiben eine Weile so stehen, eng umschlungen, bis es Zeit ist, sich aus der Umarmung zu lösen, und Sixten murmelt: »So, ich muss dann mal los.« Wir vermeiden beide den Augenkontakt.

»Ich komme mit runter.«

Ich rufe ein Taxi und hole meine Jacke, Sixten steht schon im Treppenhaus und trippelt auf der Stelle, da fällt mir ein, dass er mir noch nichts von den am Telefon angekündigten guten Neuigkeiten erzählt hat. Er lächelt, als ich ihn danach frage.

»Erinnerst du dich noch an die Ärztin, die mich zusammengenäht hat?«

»Die Alte in Gentofte? Benedicte irgendwas?«

»Berg. Benedicte Berg. Sie ist doch nicht alt, oder?« Er zwinkert mir zu.

»Und?« Ich bleibe auf dem Treppenabsatz stehen.

»Sie ist doch Ärztin und befreundet mit dem Leiter dieses medizinisch begleiteten Entzugsprogramms, du weißt schon, wir haben da mal drüber gesprochen. Wir haben uns ein paarmal getroffen, wegen des Fingers …«

Er hält mir seine Hand mit dem Fingerstumpen vor

die Nase, als hätte ich es vergessen, ich stoße die Hand weg und frage: »Und, bist du dabei, oder was?« Mein Zwillingsbruder nickt, und ich muss mir die Hand vor den Mund halten, weil in mir alles in Bewegung gerät, Tränen und etwas Großes und Rauschendes.

»Ja, es sieht so aus, als würde ich alle Kriterien für das Programm erfüllen. Offenbar hat es doch Vorteile, ein hoffnungsloser Fall zu sein.«

Er lacht und ich auch, ich heule und lache gleichzeitig, die Tränen spritzen mir aus den Augen.

»Fuck!«, sage ich.

»Ja«, sagt er, »ich weiß.«

Und da stehen wir, in meinem Treppenhaus im Nordwesten der Stadt, und ich würde am liebsten sagen, dass die Sonne ihr warmes Licht auf uns wirft, aber das hier ist kein Happy End, und draußen ist es nach wie vor grau und nass und kalt. Wir verabschieden uns vor der Tür, ich sehe ihm hinterher, wie er durch den Regen die Straße hinunterläuft, groß und dünn in der zu kurzen Jacke, er muss ahnen, dass ich ihm hinterhersehe, denn plötzlich holt er Schwung, springt in die Luft und schlägt die Schuhsohlen aneinander.

Ich sehe meinem Zwillingsbruder hinterher, der seinen Weg fortsetzen wird, alleine tanzend an der Kante zu seinem Abgrund, bis das Taxi kommt, das mich zu dem vollgestopften großen Haus in Frederiksberg fahren soll.